여보, 우리 1년만 쉴까?

여보, 우리
1년만 쉴까?

글/사진 문평온

무한

왜 이런 일이 우리에게 일어났을까?

여행은 생각지도 못한 것을 남겨준다.

이곳저곳을 누비며 내가 모르던 세상을 알게 되면

이런저런 생각이 툭툭 튀어나오기도 하고

평소에는 감히 꿈꿔 볼 수 없던 것에

도전해 볼 용기도 갖게 된다.

마지막 여행에서도 역시 그랬다.

문득 여행 중에 우리 가족의 지난 이야기를

책으로 담아볼까 생각했는데

돌아와서 곧장 책상 앞에 앉은 나를 발견했다.

전화위복(轉禍爲福)

화가 바뀌어 오히려 복이 된다는 뜻으로,

어떤 불행한 일이라도 끊임없는 노력과 강인한 의지로 힘쓰면

불행을 행복으로 바꾸어 놓을 수 있다는 말이다.

나는 불행을 행복으로 바꾼 우리의 이야기를 하고 싶었다.

위기의 상황을 이렇게 헤쳐나간 가족도 있다고.

눈을 감고 우리 가족의 지난 이야기들을 떠올려 본다.

슬프기도 하고 웃기기도 하고. 만감이 교차한다.

만약 그때 동반 휴직도 방랑살이도 결정하지 않았다면

우리 가족의 지난 1년은 과연 어땠을까.

분명히, 유쾌하지는 않았을 것이다.

온유의 건강을 걱정하면서 울면서 시간을 보냈겠지.

1년간의 방랑생활을 통해 우리는

위기를 유쾌하게 기회로 전환시킬 수 있는

힘과 지혜를 얻었다.

또다시 우리 집에 위기가 찾아온다 해도 이젠 두렵지 않다.

전보다 훨씬 더 유연하게

그 상황을 헤쳐 나갈 용기를 얻었으니까.

한동안 하늘을 원망하고 살았는데

시간이 흐르고서야 알았다.

이건

하늘이

우리에게 준

'출산 축하선물'이었다는 것을.

목차

PART 1

하늘의 장난이 시작되다

01

말 많고
탈 많던
온유의 출생

2017. 4. 27 14:30

5시간 만의 진통 끝에, 온유가 2.95kg으로 세상에 나왔다.

진통하는 내내 이 고통이 영원히 끝나지 않을까봐 절망했던 나는

이제 모든 게 끝났다는 생각에 안도의 한숨이 새어나왔다.

건강한 온유의 얼굴을 보니 출산의 고통도 금방 잊히는 듯했다.

곧이어 사람들의 축하 인사가 이어졌다.

시부모님께서는 멀리서 첫 손주를 보러 광주까지 내려 오셨고,

친구들은 꽃바구니를 한아름 안고 나를 찾아왔다.

다음 날 아침, 간호사가 종이를 들고 입원실에 들어왔다.

신생아 검진을 해야 하는데,

어떤 검사를 할 건지 체크해달라는 거였다.

선천성대사이상 검사, 심장초음파, 두부초음파,

신장요로계초음파, 청력 검사, 망막 검사, 유전체 검사

평소 같으면 이런 데에 돈 쓰는 것을 싫어하기에

'기본검사만 해주세요.'라고 했을 테지만,

온유는 임신 중에 문제가 한 번 있었기에

우린 모든 검사를 해달라고 요청했다.

그렇다. 온유는 임신 중에 문제가 있었다.

임신 10주차에 임산부들은 기형아 검사를 받게 되는데,

태아 목투명대 검사에서 온유는 기준치보다

훨씬 두꺼운 수치가 나왔다.

태아 목투명대의 기준은 3mm이다.

병원마다 기준이 조금씩 다르긴 하지만

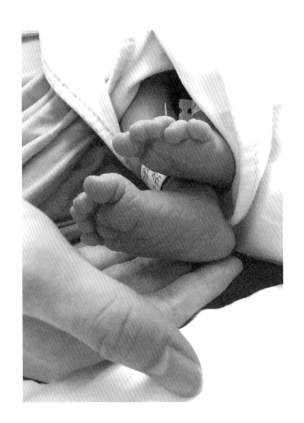

보통 두께가 3mm 이하일 경우는 정상으로 보고
3mm가 넘어가면 기형아일 확률이 높다고 판단하는데,
온유의 목투명대 두께는 정상 수치보다 훨씬 두꺼운
5mm였다.

회사 일로 한창 정신이 없던 나는 이 검사가 어떤 건지도
모른 채 받으러 갔다가, 담당선생님 표정이 어두워지는 것을
보고서야 뭔가 이상하다는 걸 알아차렸다.
평소 같으면 "아기 잘 크고 있네요." 하고
이런저런 이야기를 자상하게 해주셨을 텐데,
선생님은 한참동안 온유 목 뒤에 있는 검은 부분의 너비를
재고 또 재고 계셨다.
내 눈으로 봐도 그 부분은 굉장히 두꺼워 보였다.
검사대에 내려와 상담실에 앉았을 때, 선생님께서는 종이에
이상한 그림을 그려주시면서 설명을 시작했다.
"태아의 목 투명대 두께는 염색체 이상과 관련이 있어요.
염색체 이상의 대표적인 경우는 다운증후군, 터너증후군
등이 있고요. 하지만 목 투명대가 두꺼워도 실제로 문제가

없는 경우도 많으니 너무 걱정하지 말고 큰 병원으로 가서

융모막 검사나 양수 검사를 받아보세요."

집으로 돌아온 나는 인터넷을 열심히 뒤지기 시작했다.

목투명대가 뭐지?

기형아 검사가 뭐지?

융모막 검사는? 양수 검사는?

검색을 하면 할수록 무서운 글들이 나를 압도했다.

대부분의 사람들은 목 투명대가 3mm에 가까워도

배 속의 태아가 기형아일까봐 엄청난 걱정을 하고 있었다.

'우리 온유는 5mm인데….'

5mm라는 수치는 찾아보기도 힘들었다.

우리 온유에게 정말 무슨 문제라도 있는 것일까?

나는 고민 끝에 융모막 검사를 받기로 결정하고서,

이 분야에서 유명하다는 서초구의 한 병원에 예약을 잡았다.

가기 전까지만 해도 별거 아니라 생각했는데

막상 차가운 검사실에 들어가니 공포감이 밀려왔다.

침대에 눕자 원장님께서는 15cm 정도의 아주 기다린 침을

내 배 속에 쑤욱 넣으셨다.

순간 눈을 질끈 감았지만 이상하게도 아프지 않았다.

내 머릿속은 온통 온유에게 문제가 있으면 어떡하지 하는

걱정뿐이었다.

태반의 융모막 세포를 직접 채취한 1차 검사의 결과는

당일에 바로 알 수 있었다. 다행히 정상이라고 했다.

하지만 세포를 배양한 2차 검사 결과는 2주를 기다려야 했다.

'2차에서 문제가 있으면 어쩌지?'

'혹시 온유가 다운증후군이면 어쩌지?'

나는 결과를 기다리는 내내 일에 집중할 수가 없었다.

결과를 빨리 듣고 홀홀 털어내고만 싶었다.

그렇게 입이 바짝 마르던 2주가 지나고, 병원에서 드디어 전화가 왔다.

중년의 여성 실장님께서는 2차 검사 결과,

염색체에서 조그마한 이상이 보이긴 했지만

살아가면서 별문제가 되지 않으니

크게 신경 쓸 필요가 없다고 말씀해 주셨다.

휴… 이 말을 듣고 어찌나 안심이 되던지.

큰 문제가 아닌 것만으로도 다행이라는 생각이 들었다.

혹시나 결과가 안 좋으면 어떻게 해야 하나

잠시나마 고민했던 내 자신이 순간 부끄러워졌다.

몇 주간 괜히 잠도 못 자고 마음만 졸였던 것 같아

온유에게 미안하기도 했다.

'그동안 온유는 배 속에서 얼마나 힘들었을까?'

조금 늦긴 했지만 이제부터라도 온유를 위해서

더 좋은 것만 보고 좋은 생각만 하기로 마음먹었다.

나는 태교에 전념하며 다시 일상으로 돌아갔다.

그렇게 시간은 흐르고, 예정일보다 4일이 지나도 소식이 없던
온유는 건강한 모습으로 태어났다.

임신 중에 문제가 한 번 있었기 때문에
우리는 혹시 모른다는 생각에 받을 수 있는 신생아 검사는
모조리 받았고, 입원해 있는 동안 검사 결과가 하나둘씩
나왔다.
나는 배 속에 온유를 품고 있을 때만 해도
출산이 가장 큰 산이라고 생각했다.
출산만 하면 산후조리원에서 편하게 조리하면서
온유에게 수유하는 데에만 집중하면 될 줄 알았다.
그런데 생각지 못한 일들이 일어났다.

스킨텍, 황달, 두혈종, 로타바이러스, 육아종,
딤플(간호사 착오), 시각 재검사, 청각 재검사

이 모든 게 내가 입원해 있는 동안 일어났다.
이 중 하나만 나와도 마음이 아플 텐데,

나에게 이건 종합선물세트처럼 한꺼번에 왔다.

이중 클라이맥스는 심장초음파 검사 결과였다.

병원과 연계된 조리원으로 이동하기 전날,

우리 방에 찾아온 담당의사는 종이에 이상한 그림을

그려가며 상황을 설명하기 시작했다.

심장초음파 검사를 했더니 문제가 있다는 것이었다.

아기가 태어나고 며칠 이내로 자연히 막혀야 할

동맥관 혈관이 그대로 남아있어 피가 역류하고 있다고 했다.

그리고 심장에 구멍도 있다고 했다.

동맥관 개존증, 삼첨판역류, 심실중격결손

듣기에도 어려운 단어들을 종이에 적어준 담당의사는

단번에 알아듣기 힘든 설명을 마친 뒤,

일주일 후 다시 한 번 검사를 해보자고 하고선 나가버렸다.

그때부터 눈에서 하염없이 눈물이 흐르기 시작했다.

'왜 나한테 이런 일이 생기는 거야?'

출산 후 몸과 마음이 약해져 있던 나에게,

너무도 가혹한 시련들이 한꺼번에 밀려오고 있었다.

3시간에 한 번씩 수유실에 갈 때마다

눈물이 나와서 아무것도 할 수가 없었다.

설상가상으로 온유는 내 젖을 물지도 않고,

분유도 제대로 먹지 않았다.

심장 때문인지 숨소리는 거칠고 땀도 유독 많이 흘렸다.

종일 목청껏 우는 날도 잦았다.

하루는 남편과 내가 온유를 보려고 면회 신청을 했는데,

면회실 창 너머로 온유가 눈을 이리저리 굴리면서

평소와 다르게 두려움에 떨고 있었다.

10개월간 엄마 배 속에 편안히 있다가, 이 검사 저 검사

홀로 계속 받다보니 바깥세상이 두려운 게 당연했다.

방으로 돌아온 우리는 그날부터 온유 걱정에 한숨도 잘 수

없었다. 다른 산모들은 조리원이 천국이라고 외쳐대던데,

나에게 조리원은 지옥과도 같았다.

온유를 데리고 어서 집으로 가고 싶다는 생각뿐이었다.

일주일 뒤 조리원 퇴소 날,

우린 심장초음파 재검 결과를 듣기 위해 담당의사를
만나러 갔다. 혹시라도 일주일 사이에 심장이 많이
좋아지지 않았을까 기대했지만, 헛된 바람이었다.
선생님께선 오히려 상황이 더 좋지 않아졌다면서
소견서를 써줄 테니 곧바로 대학병원으로 가라고 하셨다.
우린 곧장 온유를 데리고 대학병원으로 향했고,
온유는 결국 신생아 중환자실에 입원하게 되었다.
온유가 배 속에 있을 때만 해도 나는 온유를 안고 집으로
함께 돌아오는 기쁜 상상만 했었다.
그런데 온유는 병원에 홀로 두고 나만 친정집으로
돌아오다니…. 정말 비참했다.
친정집으로 돌아가 친정엄마를 볼 자신이 없었다.
친정엄마는 내 앞에서 내색하지 않으셨지만,
아기 없이 혼자 집에 돌아온 나를 보고 안쓰러워서
나 몰래 뒤에서 많이 우셨다.

신생아 중환자실은 하루 한 번만 면회가 가능하기에
나는 그 시간을 놓치지 않고 매일 온유를 보러 갔다.

정말 다행스럽게도, 온유는 생각보다 병원에서 잘 지냈다.

갈 때마다 온유는 세상 편안한 포즈로 쿨쿨 자고 있었고,

갈수록 살도 포동포동 오르고 있었다.

조리원 담당의사는 온유의 상태를 보고 약으로 치료될

확률은 1%도 안 된다며 동맥관 혈관을 막아주는 수술이나

시술을 당장 해야 한다고 했지만,

대학병원 교수님은 약물치료를 먼저 시도하셨다.

증상이 조금씩 호전되자, 교수님께서는 일단 퇴원 후

집에서 약물치료를 계속 진행하자고 하셨고,

우린 2주에 한 번씩 교수님을 찾아뵙기로 했다.

그렇게 온유는 일주일 만에 내 품으로 돌아왔다.

약물치료는 특별한 건 아니고 아기들이 먹는 해열제를

매일 정해진 시간마다 정해진 양을 주는 거였다.

하지만 이것 역시 간단하지는 않았다.

꽤 많은 양의 물약을 매일 먹여야 하는데

온유가 쉽게 약을 먹을 리 만무했다.

억지로 입을 벌려 약을 먹이면, 뱉고, 먹이면, 토하고

전쟁 같은 하루가 지속되었다.

첫 번째 외래진료 때는 별 진전이 없었지만,

두 번째 진료 때는 전보다 혈관 크기가

많이 줄어서 일단 '수술'은 피해갈 수 있었다.

그 뒤에도 몇 차례 진료를 받았지만 크기는 더 이상

변함이 없었고, 교수님은 아직 온유가 어리니 돌이

될 때까지 더 지켜보다가 그때도 같은 상황이면 시술을

하자고 하셨다.

일단 수술이 아닌 것만으로도 얼마나 다행이던지.

전쟁 중에 휴전이 선포된 것 같았다.

남편과 나는 아직 돌까지 시간이 있고, 그 사이 완치가

될 수도 있는 거니까 걱정은 잠시 접어두기로 했다.

이렇게 나는 온유가 태어나고서 한 달 동안이나

천국과 지옥을 오갔다.

온유가 세상에 나왔다는 기쁨을 누리는 것도,

산후조리를 하는 것도 나에겐 모두 사치였다.

편하게 몸과 마음을 조리해야 할 때

온갖 문제들이 한꺼번에 터졌으니 지금 생각하면

산후우울증에 안 걸리는 게 이상할 정도다.

엄마가 될 준비가 안 된 나에게,

하늘이 따끔하게 엄마 맛을 보여준 것일까?

엄마신고식 한번 호되게 치렀다.

02

연이은 폭격,
너덜너덜해진 멘탈

심장 이상, 스킨텍, 황달, 두혈종,

로타바이러스, 육아종, 딤플, 시각 재검, 청각 재검

이 모든 게 내 가슴을 여러 번 후벼 팠지만

큰 문제는 없다기에 나는 마음을 놓고 지내기 시작했다.

다른 엄마들처럼 온유의 성장 과정을 사진과 동영상으로

기록하고 성장일기를 틈틈이 블로그에 남기며 시간을 보냈다.

나는 원래 굉장히 자유로운 영혼의 소유자다.

혼자 밥도 잘 먹고, 혼자 영화도 잘 보고

혼자 저 멀리 타국 여행도 즐기던 사람이다.

'자유'가 인생 최고 가치라고 말하며

결혼 생활 중에도 남편에게 종종 '자유'를 외쳐댔는데,

그런 내가 엄마가 되다니!

출산 후 한동안은 온유의 이런저런 문제들로 인해

별다른 생각은 못하고 육아에 집중했지만,

온유의 문제가 하나둘 해결되자 '자유'를 갈망하는

나의 습성은 서서히 다시 모습을 드러냈다.

육아를 하는 와중에도 나는 틈틈이 나만의 시간을 즐기기

시작했다.

동아줄과 같던 '친정엄마 찬스' 덕분에

혼자 영화관도 가고 서점도 다니면서 막혀 있던

숨통을 좀 트일 수 있었다.

언니와는 여수, 변산반도로 여행을 다녀오고,

친구들과는 제주 여행을,

남편과는 단둘이 담양과 순천으로 여행을 떠나기도 했다.

'엄마도 하고 싶은 건 좀 하고 살아야지.'

'엄마란 이유로 모든 것을 참고 살 필요는 없어.'
'그동안 마음고생 많이 했으니 이럴 만한 자격이 있어!'

이런 마음으로 나는 한 번씩 육아에서 벗어나

나만의 시간을 즐겼다.

그러던 중, 또 하나의 사건이 나를 강타했다.

때는 2017년 10월 23일, 장소는 다시 한 번 대학병원이다.

4개월 만에 심장정기검진이 있던 날이었고,

이와 함께 영유아발달 검사도 하기로 한 날이었다.

심장을 보기 전, 먼저 하게 된 영유아발달 검사.

골고루 잘 발달되고 있다는 교수님의 말씀에 안심을 하려던 순간,

갑자기 교수님께서 고개를 갸우뚱갸우뚱하셨다.

직감적으로 순간 가슴이 철렁했다.

'또 뭐지?'

온유의 머리 둘레가 짧은 시간에 너무 커져 있었다.

6월 검진 때만 해도 37.4cm였던 머리둘레가

4개월 만에 44.8cm가 된 것이다.

그러고 보니, 얼마 전 친척동생이 우리 집에 놀러 왔는데

애기 머리가 왜 이렇게 크냐며 깔깔 웃어대던 게 생각났다.

나는 하루 종일 온유를 보고 있으니 변화를 알아차리지

못했던 것이다.

교수님께서는 이렇게 짧은 시간에

급격하게 머리가 커질 리가 없다고,

아무래도 이상하다며 뇌초음파 검사를 해보자고 하셨다.

뇌초음파 결과, 교수님께서 예상하신대로

뇌실 크기가 너무 커져 있었다.

혹시 뇌실 크기가 크면 무슨 문제가 있는 건지 여쭤봐도

교수님께서는 mri 결과를 봐야 알 수 있다며 말씀을 아끼셨다.

mri를 찍고서 다시 보자던 교수님의

근심 가득한 표정에 심장이 덜컹 내려앉았다.

나는 집에 돌아와서 뇌실에 관해 검색 또 검색에 들어갔다.

뇌실 크기가 커졌다는 건 뇌실에 물이 찼을 가능성이 높은

것이고, 이건 뇌수종, 댄디워커증후군 등과도 관련이 있는

듯했다.

'댄디워커증후군이라…'

이 증후군에 대해 다시 한 번 자세히 검색을 하던 나는
모니터에 뜬 두 단어를 보고 순간 멈칫했다.
증후군의 증상 중에는 온유가 갖고 있는 '동맥관개존증'과
'심실중격결손'이 함께 있었다.
어느덧 의심은 확신으로 바뀌어 갔다.

"댄디워커증후군의 예후는 다양합니다. 댄디워커증후군을
가진 환아는 지능이 정상적으로 발달이 안 되며, 이는
뇌수종을 조기에 치료하여 교정한 경우에도 동일합니다.
수명은 증후군의 심한 정도와 관련된 기형의 정도에 따라
다릅니다. 다발성 선천기형이 있는 경우 수명이 짧습니다."

수명이 짧습니다.
수명이 짧습니다.

수명이 짧습니다…

그때부터 내 하늘은 무너져 내렸다.

온유만 보면 눈물이 쏟아졌다.

당시 나는 친정집에서 지내고 있었는데,

친정 부모님은 별일 아닐 거라고 미리 걱정 말라고

하셨지만, 나는 온유가 잘못되면 어쩌나 하는 생각에

밥 먹다가도 울고 자다가도 벌떡 일어나 울었다.

내가 살면서 이렇게 울어본 적 있었나?

온유를 볼 때마다 내 눈물샘은 고장이 나서 폭포수처럼

흘러내렸다. 이대로 계속 광주 친정집에 머물 수만은

없어서 결국 남편이 있는 서울 집으로 돌아갔고,

병원은 서울대학교병원으로 옮겼다.

예약을 급하게 잡고

담당교수님 면담을 기다릴 때의 마음은

아픈 아이를 둔 부모만이 알 것이다.

각종 시험 때도 별로 긴장하지 않던 나인데

그 순간은 어찌나 떨리고 초조하던지.

마음속으로 나는 계속 외쳐대고 있었다.

제발 별일 아니게 해달라고.

며칠 전 온유와 웃고 지내던 때로 시간을 되돌려 달라고.

뇌초음파 사진을 보신 교수님은 역시나

뇌실 크기가 너무 크다고 하셨고,

온유는 심장 등에도 문제가 많은 케이스니

mri를 찍고 다시 보자고 하셨다.

'심장에 이어 뇌까지…'

실체를 모르는 게 가장 두렵다고 하더니,

이게 어떤 병인지, 온유가 어떤 상태인지를 모르니

답답하고 불안해 미칠 지경이었다.

임신 때, 그리고 출산 직후에 받았던 충격들이 더해져

나의 멘탈은 너덜너덜해져 버렸다.

'나에게 왜 이런 일들이 생긴 걸까?

엄마가 되고 나서도 엄마 노릇 제대로 안 하고

만날 놀러 나갈 생각만 해서 하늘이 벌주시는 걸까?

내가 인생을 잘못 살아서 온유에게 이런 일이 일어난 것일까?'

나는 자책하고 또 자책했다.

mri 결과를 기다리는 그 시간은

어두운 터널을 걷고 또 걷는 기분이었다.

그동안 잘 살아왔다고 자부했던 내 인생이

정말 아무것도 아닌 느낌이었다.

온유가 없는 내 인생은

정말 아무런 재미가 없을 것 같았다.

그렇게 절대 안 갈 것 같던 시간이 흐르고, mri 결과가

나오는 날 남편과 나는 떨리는 마음으로 병원을 찾았다.

교수님께서는 mri상으로도 뇌실 크기는 큰 편이고

소뇌가 다른 사람들에 비해 아래로 내려와 있기는 하나,

다행히 현재 뇌의 다른 부분에 압력을 주는 게 없어

당장 치료나 수술은 안 해도 될 것 같다고 하셨다.

다만 계속 추적 관찰이 필요하기 때문에

정기적으로 교수님을 뵈러 오라고 하셨다.

나는 수두증이나 댄디워커증후군을 강력하게 의심하고

있었기에 이게 아니라는 사실만으로 정말 다행이라는

생각이 들었다. 천만번 다행이라며 가슴을 쓸어내렸다.

말도 안 되는 마법이라도 이뤄지길 바라며,

매일 밤 온유 머리를 보고 '뇌실 크기야 작아져라' 주문을

수없이 외웠었는데, 나의 간절한 기도를 듣고

하늘이 도와주신 것일까?

집으로 돌아온 나는 비로소

온유를 보면서 다시 웃을 수 있게 되었다.

PART 2 손에 쥔 것을 내려놓다

01

여보,
같이
육아휴직할까?

목투명대, 심장, 뇌

세 번의 굵직한 폭격을 당하면서 내 몸과 마음은 많이
피폐해졌다.
mri 결과가 나오기 전, 나는 끝이 안 보이는 터널에 갇혀
두려움에 떨고 있었다.
온유에게 정말 큰 병이 있으면 어쩌지 하는 두려움도 컸지만
더 무서운 건 더 이상 온유를 혼자 돌볼 자신이
없는 거였다.

출산 후 나는 온유의 크고 작은 병들로 인해 수도 없이
혼자서 소아과와 대학병원을 오갔다.

병원에 가기 며칠 전부터는 큰 스트레스에 시달렸고,
병원 문을 열 때마다 이번엔 선생님께서 무슨 이야기를
하실까 잔뜩 긴장을 했다.

그런데 이젠 뇌 정기검진까지 다녀야 하다니.

온유를 볼 때마다 자꾸 눈물이 나는데
단둘이 하루 종일 집에 있는 건 정말 고역이었다.

온유를 볼 때마다 자꾸 안 좋은 생각이 들어
우울증에 걸릴 지경이었다.

엄마가 되면 다들 강해진다는데
나는 한없이 약해지고만 있었다.

인터넷 창에 댄디워커증후군을 검색할 때마다 눈에 밟히는
'수명이 짧을 수도 있다'는 문구는 마음 한편을 더욱 아프게 쑤셔댔다.

'지금 이럴 때가 아닌데.
이렇게 허송세월만 보내면 안 되는데…'
절망스러운 이 상황을 바꿀 무언가가 필요했다.

그러다 문득 남편이 떠올랐다.

'남편과 모든 과정을 함께한다면?'

생각만 해도 갑자기 힘이 나는 것 같았다.

지금 이 순간 가장 필요한 건 남편이었다.

하염없이 눈물을 흘리다가 결론을 내렸다.

"여보, 우리 같이 육아휴직할까?"

갑작스러운 제안에 남편은 눈이 동그래져서 나를 쳐다보았다.

"수입은 크게 줄겠지만,

돈보다 지금은 온유가 더 중요한 것 같아.

우리 당분간은 온유랑 함께 시간을 보내는 게 어때?"

남편은 지친 내 눈을 한없이 바라보다

고개를 끄덕이며 대답했다.

"그래, 그러자!"

무슨 돈으로
먹고살지?

남편은 다음 날 바로 회사에 육아휴직을 할 수 있는지 알아보았다.
다행히 아내인 내가 휴직 상태임에도 불구하고,
가능하다는 답변을 받았다.

내년 1월 1일부터 6개월간 우린 함께하는 거야!

이 사실 하나만으로도 나는 큰 힘이 되었다.
이제 어떤 시련이 다가와도 혼자가 아닌 남편과
함께할 수 있다는 생각에 마음이 든든해졌다.

이제 남은 문제는 '돈'이었다.

회사에서 잘리지 않고 부부가 함께 육아휴직을 할 수 있는 건

정말 감사한 일이었지만, 휴직기간 동안

어떻게 먹고 살지는 정말 현실적인 문제였다.

나 같은 경우는 휴직수당이 월 50만 원 정도 나오고

있었지만 이마저도 내년 5월부터는 나오지 않고,

남편 역시 휴직을 하게 되면 수입이 1/5로 줄어드는 상황이었다.

더군다나, 우리는 우리나라에서 가장 아름다운 곳을

온유에게 보여주기 위해 제주도로 잠시 내려갈 계획도

갖고 있었다. 그런데 이 모든 걸 대체 무슨 돈으로

한단 말인가?

그러다 문득, 우리 집이 떠올랐다.

꾸민지 얼마 되지 않은 따끈따끈한 신혼집.

온유가 태어난 후 나는 줄곧 광주 친정집에 있었기에

이곳에서 온유와 함께한 시간은 고작 3개월에 불과했다.

그럼에도 불구하고 그 시간 동안, 이 집이 굉장히

답답하게만 느껴졌다. 동네에 아는 사람은 아무도 없었고,

산후조리조차 광주에서 했던 나는

주변에 마음을 터놓을 동기 하나 없었다.

남편이 출근하고 나면, 하루 종일 시간이 안 가 미칠

지경이었다. 온유랑 근처 공원을 돌고 또 돌아도 시간은

느리게만 흘러갔다. 회사 다닐 때는 공원에 앉아 있는

사람들이 그렇게 부럽더니, 막상 이 생활이 반복되자

자꾸 온유와 어디론가 떠나고 싶었다.

1층이라 그런지 햇볕도 많이 안 들어와 집에 있으면

우울한 생각도 새록새록 피어올랐다.

예쁘게 꾸며놓은 신혼집을 볼 때마다 만감이 교차했다.

그런데 문득 이런 생각이 뇌리를 스쳤다.

'이 집을 잠시 내놓는 건 어떨까?'

'굳이 이 집에 매여 있을 필요가 있을까?'

순간, 유레카를 외쳤다.

"여보! 우리 이 집 1년만 렌트해 주는 거 어때?

이사는 일이 커지니까 가전, 가구는 모두 놓고 꼭 필요한
짐만 옮겨서 내 동생 집으로 가자. 거기서 당분간만
지내다가 가평 한 달, 제주 한 달, 우리 친정집에도 한 달,
이런 식으로 돌아다니면서 여행하며 사는 거야. 어때?"
"가전, 가구를 놓고 가자고?"

남편은 처음에 강력하게 반대를 했다. 신혼집인 데다가
인테리어도 직접 공들인 우리만의 보금자리였고,
가전, 가구도 산지 얼마 안 된 것들이 많았다.
더구나 이 집은 블로그에 공개한 후 네이버 리빙 메인에
예쁘다고 소개되기도 했다. 그런데 이걸 두고 짧지 않은
시간 동안 여행을 가자고 하니 아까운 건 당연했다.
남편의 심정은 이해가 갔다.
하지만 나 역시도 생각을 굽히지 않았다.
"여보, 프랑스에서는 휴가철마다 1~2개월씩
자기 집을 렌트해주고 그 돈으로 여행을 다닌대.
우린 잠시 집을 빌려주는 대신 그 돈으로 온유랑
많은 시간을 보낼 수 있어."

심적으로 많이 지친 나를 위해 남편도 결국은 찬성했고,
성격 급한 나는 곧바로 세입자 구하기에 돌입했다.
예전부터 자주 들락날락하던 부동산 카페에 글을 올렸다.

도봉구 유럽풍 아파트 방 3개, 가전가구 다 있음.
1년만 렌트해 살아보실 분 1000/80

"가전, 가구가 거의 새 건데, 보증금하고 월세가 너무
저렴한 것 아니야?"
"30년 된 아파트에 혼잡한 지상 주차장이라는 단점이
있으니까 이 정도 금액이 적당할 거 같아."

더구나 세입자는 관리비에 난방비까지 부담해야 하기 때문에
그 이상의 월세를 제시할 경우 세입자가 금방
나타나지 않을 거라는 생각이 들었다.

글을 올리고서 얼마 지나지 않아 연락이 오기 시작했다.
가장 먼저 연락주신 분은, 어린 자녀 두 명이 있는 한 엄마였다.

하와이로 이민 갈 계획이라서 집을 다 정리했는데,

아들 학업문제로 1년만 더 서울에서 지내야 하는 상황이었다.

마침 우리 집이 아들 학교와도 가깝고

가전·가구도 모두 있어서 자기한테 딱 필요하다고 했다.

그날 저녁, 그분은 남편과 함께 와서 집안 구석구석을 살펴보더니

바로 계약하고 싶다는 의사를 내비쳤다.

이와 동시에 두 번째 분에게도 연락이 왔는데,

이들은 결혼을 앞둔 예비 부부였다.

신혼집을 구하기 전까지 함께 지낼 곳이 필요한데,

가전·가구가 모두 구비되어 있고 당장 이사 올 수 있어서

좋다고 했다. 이 커플 역시 집에 들어서자마자 바로 계약

의사를 내비쳤다.

그래서 나는 일단 집으로 돌아가시면 남편과 상의 후

계약 여부를 알려드리겠다고 했으나, 이분들은 집을 놓치고

싶지 않다면서 차 안에서 답변을 기다리겠다고 했다.

두 집 모두 너무 적극적이었다.

내가 너무 이 집을 싸게 내놓았나?

남편과 나는 바로 상의에 들어갔다.

첫 번째 분은 이사 날짜가 아직 정해지지 않은 데다가

월세 조정 요청까지 해서 아무래도 두 번째 커플과

계약하는 게 낫다고 판단했다.

신혼부부다보니 아이가 있는 집보다는

가전·가구나 집을 깨끗하게 쓸 게 분명했고,

대화를 해봤을 때 두 분 모두 예의 있고 정중한 분들인

것도 맘에 들었다.

결국 우리는 두 번째 커플과 1년간 계약을 했다.

PART 3

당장 떠나라는 거야?

동생 집으로 이사,
단칸방 생활 시작

세입자와 계약을 체결하고서

우린 10일 안에 집을 비워주기로 약속했다.

남편은 아직 회사를 다니고 있던 때라 나는 남편이 출근을

하면 온유를 보면서 틈틈이 짐싸기에 돌입했다.

가전·가구는 놓고 가니 내용물만 모조리 빼내면 되겠다고

생각했는데, 짐이 생각보다 많았다.

박스에 짐을 싸고 또 싸도 끊임없이 박스가 나왔다.

우리가 당분간 지내려는 곳은 결혼 전 내가 동생과 함께 살던

거실 겸 큰방 1개, 작은방 1개인 아주 작은 집이었다.

실 평수가 11평이다 보니 집 자체에 짐 넣을 공간이 많지
않았고, 동생이 큰방을 내어주긴 했지만 그곳에 우리 짐을
다 갖다 놓기는 역부족이었다. 고민 끝에 우린 세입자에게
집 창고만 쓰게 해달라고 부탁을 했다.

이제 남은 작업은 창고에 놓고 갈 짐과 가져갈 짐을
나누는 것. 1년 동안 필요한 물건과 그렇지 않은 물건을
나누는 작업에서 가장 큰 걸림돌은, 남편이었다.
평소 미니멀리스트인 나는 멀리 여행을 떠나도 꼭 필요한
물건이 아니면 절대 가져가지 않는 편이었지만,
남편은 가까운 곳을 가도 혹시 필요할지 모르는 건
바리바리 다 가져가는 맥시멀리스트였다.

"이건 진짜 필요 없어. 놓고 가자."
"아니야, 이건 진짜 필요해. 안 갖고 가면 후회할 거야."

의견 충돌이 몇 번 이어졌다. 하지만, 내 의견대로 휴직도
하고 집을 내놓는 거에도 동의해준 남편이 고마워서

이번만큼은 남편의 손을 들어주기로 했다.

결국 웬만한 짐은 다 싸서 동생 집으로 옮겼다.

당시 우리는 차가 없었기 때문에 시댁의 작은 차를 빌려서

동생 집과 우리 집을 수십 번 오가며 짐을 옮겼다.

생각보다 일이 간단하지 않아서 세입자가 들어오기로 한

날까지 작업은 계속 됐고, 한밤중이 되어서야 끝이 났다.

남편이 옮겨야 할 마지막 짐은 바로 '나와 온유'

이제 다 됐다며 나와 온유에게 "가자!" 이야기하는데,

비로소 이 집을 떠난다는 사실이 실감 났다.

차를 타고 잠시나마 정들었던 동네를 떠나는데,

느낌이 참 이상했다. 시원하고도 섭섭한 기분이었다.

'우리, 잘한 선택일까?'

하지만 이젠 돌이킬 수도 없었다.

무조건 앞으로 직진하는 수밖에.

1년간 우리 가족의 특별한 모험은 이미 시작되었다.

동생 집에 도착한 나는 집 안을 보고 경악했다.

난장판 그 자체였다. 남편이 며칠간 동생 집으로 짐을
옮기고 한참 뒤에 돌아오길래 정리도 틈틈이 하는 줄만
알았다. 하지만, 그건 내 착각이었다.
남편은 짐을 옮기는 것만으로도 꽤 힘들었고,
짐을 정리할 시간도 공간도 없었다고 했다.
방 안은 갖가지 박스와 온유 물건들로 가득 차 있었다.
당장 그날 밤 어떻게 잘 지부터가 고민이었다.
시간은 이미 늦었고 온유도 잘 시간이 훌쩍 지났기에
그날은 일단 대충 잘 공간만 만들어서 잠을 청했다.
다음 날 아침 남편을 출근시키고, 정리에 들어갔다.
가장 큰 미션은 숨은 공간을 어떻게든 찾아서
물건이 쏟아지지 않게 정리하는 거였다.

동생이 몇 년 동안 지낸 집이라 일단 기본 살림살이가
많은데, 우리 짐까지 더해지니 발 디딜 틈이 없었다.
동생은 늘 자기가 미니멀리스트라고 소개를 하고 다녔는데,
물건 가득한 집을 치우다보면 나도 모르게 욕이 나왔다.
거기다가 평소 밥을 해먹지도 않는 주방은 왜 이리도

더러운지. 큰맘 먹고 싱크대 주변의 곰팡이들을 빠득빠득
닦아대다 보면 또 한 번 욕이 절로 나왔다.
그러다가도 우리 가족을 이렇게 살게 해주는 게
어디냐는 생각이 들어 마음을 고쳐먹었다.

'고마워하자!'

할 일은 산더미였지만 이상하게도 마음은 즐거웠다.
뭔가 특별한 일들이 우리에게 일어나고 있다는 생각이
들었다. 집에서 온유랑 단둘이 있을 때는
시간이 정말 안 갔는데 집 정리를 하다보면
시간이 뚝딱뚝딱 가 있는 것도 좋았다.
결국 며칠에 거쳐 집 정리 성공!
집 정리 후, 네 식구가 거뜬히 생활해 나가는 걸 보니
이 집이 이렇게 넓었나 싶었다. 역시 집은 활용하기 나름.
비록 개인 공간은 없어졌지만 이로 인해 네 식구가
오순도순 함께하는 일이 많아졌다.
좁은 부엌 바닥에 앉아 야식을 만들어 먹고

노트북으로 영화를 함께 보는 일은 너무나 즐거웠다.
온유 역시도 엄마, 아빠, 이모가 가까이서 복작복작
부대끼고 놀아주니 전보다 훨씬 좋아하는 눈치였다.
우리의 행복은 이렇게 계속될 줄만 알았다.

02

새해부터 액땜?!
집에서 내쫓기다

1월 1일부터 남편의 휴직이 시작되었다.

'이제 남편과 6개월간 정말 딱 붙어서 지내겠구나!'
'이제 온유랑 매일 함께 놀아줄 수 있겠다!'
'남편이랑 평일에 같이 점심도 먹고,
장도 보러갈 수 있겠다!'

나는 단꿈에 젖어들었다. 하지만 그 꿈은 오래가지 않았다.
정확히 남편이 휴직한지 4일째가 되던 날,

우리는 모처럼 백화점에 나들이를 갔다.

카페에 앉아 커피 한 잔을 마시며 여유를 부리고 있는데,

청천벽력 같은 전화가 왔다. 그건 바로, 잠시 들어와 있는

동생 집에서 즉시 나가야 한다는 거였다.

상황은 이랬다. 동생과 내가 몇 년 간 살았던 이 집은

정부에서 내어 준 임대아파트로 2년에 한 번씩

자격요건을 심사 뒤 재계약을 체결한다.

작년까지만 해도 요건이 충분해 2년 재계약을 했는데,

얼마 전 자격 요건 박탈 사유가 생긴 것이다.

즉시 퇴거해야 한다는 통보를 받고,

남편과 나는 어이가 없어서 한동안 계속 웃기만 했다.

"집을 나가라고?!!! 이 겨울에?!!"

이제 겨우 집 정리를 했는데

얼마 살아보지도 못하고 나가야 한다니!

온유와 함께하기 위해 부부 동반 육아휴직까지 강행하며

여행을 계획했는데, 잠시 숨 돌릴 틈도 없이

반강제로 다시 떠나야 하는 방랑가족이 되어버렸다.

우리가 신혼집을 과감히 통째로 내줄 수 있었던 건,

비빌 언덕이 있었기 때문이다.

동생 집에서 잠시 지내면 된다는 생각으로

모험을 강행한 건데, 이 집마저도 없어지다니….

처음에는 멘붕이 강하게 왔지만,

마음을 다잡고 방법을 찾아보기로 했다.

어차피 올해 제주살이, 가평살이를 계획하고 있었으니,

일정을 조금씩 앞당기고 늘리면 될 것 같았다.

일단 이사 가기까지 시간을 좀 준다고 했으니

2월까지 이 집을 비우고,

3월부터는 조금 일찍 제주살이를 시작하기로 했다.

3월부터 두 달간은 제주살이를 하고,

5월부터 두 달간은 가평살이를 하자.

문제는 7월부터였다.

세입자와 11월까지 계약이 되어 있는데,

7월부터는 남편이 회사로 돌아가야 했다.

그렇지만 우리는 7월까지 생각할 여유가 없었다.

일단 6월까지 어떻게든 살아보고 그때 가서

다시 해결방안을 생각해보기로 했다.

남편은 이런 나를 보고 이 상황을 은근히 즐기는 거

같다고 했다. 나란 사람, 이래 봬도 별명이 '긍정오니'

아닌가. 이왕 이렇게 된 거 어쩌겠는가.

즐겨야지. 울 순 없잖아?

이상하게도 나는 이런 예측불허 상황이 싫지만은 않았다.

이걸 빌미로, 여행하며 방랑하며 살게 된다는

사실도 좋았고, 새해 액땜도 했으니

앞으로 우리 집에 좋은 일만 생길 것 같았다.

불행이 계속 됐으니 이젠 행복이 올 차례.

어쩌면 이건 기회였다.

이때부터 나는 모든 상황을 차라리 즐겨버리기로 결심했다.

03

방랑 준비,
강제 미니멀리스트가 되다

3월 1일부터 우리의 방랑은 예고되어 있었다.

이제 남은 일은 동생 집을 정리하는 거였다.

동생은 이 집을 나가야 한다는 소식을 듣자마자, 잽싸게

작은 방에 있던 자기 옷과 필요한 짐만 간단히 싸서

친구 집으로 가버렸다. 그리고 우리에게 이야기했다.

남은 짐과 집 정리를 부탁한다고!

우린 또다시 집 정리에 들어갔다.

이번 정리는 그 전과 스케일이 달랐다.

그 전에는 필요한 짐만 싸서 이쪽으로 옮기면 됐지만,
이번에는 집을 통째로 깨끗이 비워야만 했다.
그때부터 우리는 강제 미니멀리스트가 되었다.
제주도에 가지고 갈 짐을 제외하고는
집에 있는 모든 물건은 버리거나, 주거나, 팔아야 했다.
일단 두 달 간 제주살이에 필요한 물건들은 제일 먼저
분류해놓고, 나중에 쓸 물건들은 시댁에 따로 보관했다.
그러고도 남은 괜찮은 물건들은 무료 나눔하거나
팔기로 결정!

우선 안 입는 옷과 신발 등은 아름다운 가게에 기부했다.
그리고 남은 새상품이나 좋은 물건들은 지인들에게 나누어
주었다. 물건을 하나하나 찬찬히 살펴보면서
떠오르는 사람이 있으면 선물로 보내기도 하고,
각종 단톡방에도 물건 사진을 올려 필요하다는
사람들에게 나누어 주기도 했다.
화장품, 생활용품, 육아용품 등은 친구와 지인의 손에
들어갔고, 부피가 크거나 나눔이 어려운 물건(냉장고,

세탁기, 선반, 서랍장, 비올라)은 중고로 판매를 했다.

이제 남은 건 액자, 독서대, 다리미, 액세서리, 텀블러,

미스트, 노트, 펜…

버리기에는 상태가 좋고,

지인들에게 선물하기는 미안하고,

중고로 판매하기는 애매한 물건들이었다.

어떻게 할까 고민하다가, 아파트 주민들에게

'나눔' 하기로 결정했다.

혹시라도 안 좋은 물건을 나눔 하면 기분이 언짢을 수도

있기 때문에 괜찮은 물건들만 다시 골라서 박스에 넣었다.

그리고 박스 위에 이렇게 적어두었다.

'곧 이사를 가서 몇몇 물건을 나눔하고자 합니다. 필요하신

분 가져가세요!! 새해 복 많이 받으세요. 박스는 18일 오후

6시에 치우겠습니다.'

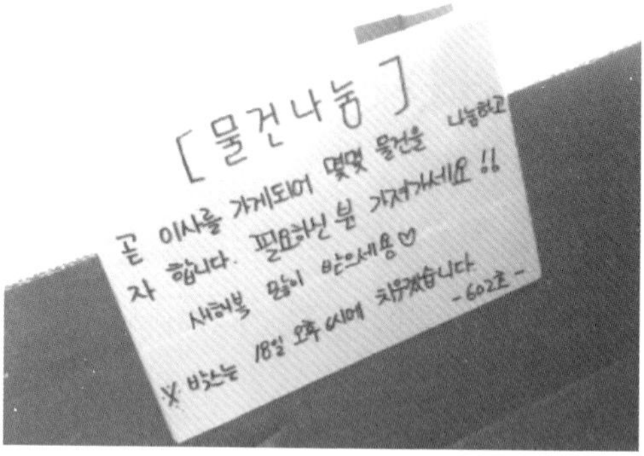
[물건나눔]
곧 이사를 가게되어 몇몇 물건을 나눔하고
자 합니다. 필요하신 분 가져가세요!!
새해복 많이 받으세용♡
※ 박스는 18일 오후 6시에 치우겠습니다
- 602호 -

걱정 반 설렘 반으로 1층 엘리베이터 앞에

박스를 조심히 놓고 왔다.

아침부터 나눔 할 생각에 기분이 좋아져서

콧노래를 부르자, 옆에서 지켜보던 남편은

아무도 물건을 안 가져가면 어떡하냐며

혹시 내가 상처받을까봐 걱정했다.

그렇지만 이는 쓸데없는 걱정이었다!

3시간 후, 마트 갈 일이 있어서 나가는 길에 보니

그새 물건 80%가 없어져 있었다.

오히려 내가 제일 우려한 건

누가 박스째로 물건을 들고 가는 거였는데,

안을 살펴보니 진짜 필요한 것들만 각자 가져간 듯했다.

작은 나눔이었지만 이로 인해 한 명이라도

기분 좋은 하루를 보냈을 수 있겠다 생각하니

나 역시 재밌고 행복했다.

나눔이 이렇게 기쁜 일인지 몰랐는데,

이번 일을 계기로 인생의 재미 하나를 배우게 되었다.

01

본격적인
제주살이
준비

2018. 1. 31.

3개월 만에 온유 심장 정기검진이 있었다.

10시 반 예약에 늦지 않게 미리 갔지만

역시나 서울대병원은 아픈 환자들로 가득했다.

상담 진료는 앞에서 계속 지연됐고,

우리는 예정된 시간을 훌쩍 넘어 상담실로 들어갔다.

담당 교수님은 온유의 지난 자료들을 쭉 살펴보시더니,

먼저 심실중격결손, 즉 심장에 구멍 난 것은

이제 크기가 작아져 별 의미가 없다고 하셨다.

그렇지만 동맥관 혈관은 여전히 청진기 너머로 잡음이
들리기 때문에 초음파 검사를 추가로 해보자고 하셨다.

밖으로 나가 수면제를 먹이고 초음파 검사를 마친 뒤,
교수님 방을 다시 찾았다. 결과를 찬찬히 살펴보시던
교수님은 동맥관 혈관이 여전히 막히지 않은 데다가,
이로 인해 좌심방 크기가 점점 커지고 있는 상황이라 시술이
필요하다고 하셨다.

결국 우리는 시술 날짜를 5월 중순으로 예약하고 병원 문을
나섰다.

심장이 완치됐으면 가장 좋았겠지만,
수술이 아닌 것만으로도 참 다행이라는 생각이 들었다.

조리원에 있을 때 담당의사가 약으로는 1%도 호전될 수
없다고 무조건 시술이나 수술을 당장 해야 한다고 겁주던
일이 떠올라 시술은 간단한 거라면서 걱정하지 말라고
다독여주시던 교수님이 오히려 감사했다.

돌 무렵에 시술할 수 있다는 생각에 늘 마음이 무거웠는데,
막상 시술 날짜를 확정해버리니 속이 시원하기도 했다.

'그래!! 시술은 간단한 거야. 별거 아니야.
온유는 잘 이겨낼 수 있을 거야.'

시술 날짜까지 확정되자, 혹시 몰라 미적지근하게 미루고
있던 제주살이 준비에 본격적으로 돌입했다.
이제 우리가 할 일은, 온유에게 좋은 것만 보여주고
좋은 추억을 가득 남겨주는 것. 단계를 몇 개로 나눈 뒤,
남편과 역할을 분담해 차근차근 준비해나갔다.

Step 1. 숙소 구하기

남편과 공동휴직을 하면서 당초 계획했던 제주살이 기간은
한 달 반 정도였다. 그래서 작년에 미리 한 달 반 동안
지낼 숙소는 정해둔 상태였다.
하지만 이런저런 사정으로 기간이 점점 앞뒤로 늘어났고,
64일간 총 3군데의 숙소에서 머물게 되었다.
제주도는 워낙 넓고, 동네마다 분위기가 다르다보니
한곳에서 오래 지내는 것보다 여러 곳에서 지내는 게
오히려 잘된 듯했다.

첫 번째 숙소 3. 2~3. 31

딱 한 달간 지낼 곳으로, 3군데 숙소 중 가장 나중에 정해졌다.

동생 집에서 갑자기 쫓겨나면서 3월부터 지낼 곳이 없어지자,

4월부터 예정된 제주살이를 한 달 앞당기게 된 것이다.

예상치 못하게 한 달 더 제주살이를 하게 되자,

예산이 부족한 것은 당연했다.

그래서 첫 숙소는 저렴한 곳 위주로 찾게 되었다.

네이버 '제주도 좋은 방 구하기' 카페를 통해 며칠 간 검색하며

고르고 골라 중문해변 부근의 한 원룸으로 정했다.

이곳이 마음에 들었던 이유는

중문관광단지 부근에 위치했기 때문이다.

이때만 해도 제주에 차를 가지고 갈 생각이 없었기 때문에

차 없이도 주변 관광이 가능하다는 점이 마음에 들었고,

추운 3월을 따뜻한 서귀포에서 보낼 수 있다는 점도 좋았다.

더구나 집주인이 보내준 사진을 보니 방은 생각보다 넓었고,

한달살이 숙소답게 각종 식기구, 조리기구 등이 모두

구비되어 있었다. 옵션 사항을 모두 꼼꼼히 확인 후, 계약금을 보냈다.

· 보증금 30만 원/ 월세 55만 원

두 번째 숙소 4. 1~4. 22

총 3주간 머물 곳으로, 위치는 함덕해변 부근이었다.

이곳은 내가 가장 먼저 정한 숙소이기도 한데, 여느 때처럼

네이버 카페에 들어갔다가 '오픈특가'라는 문구가

눈에 띄어 눌러 보고서 단번에 결정한 곳이다.

새로 지어진 집답게 집은 정말 깔끔했고, 조그마한 마당과

잠시 밖에서 햇볕을 누릴 수 있는 나무 데크도 있었다.

집 외관도 참 예뻤지만, 내부 인테리어도 화이트와 우드가

잘 어우러져 심플하고 깔끔했다. 한번쯤 살아보고 싶은

꿈에 그리던 집을 운 좋게 저렴하게 구했다.

· 보증금 10만 원/ 3주 임대 50만 원

마지막 숙소 4. 22~5. 6

2주간 지내게 될 곳으로, 위치는 요즘 핫한 애월쪽에 구했다.

마지막 숙소는 방이 2~3개 정도 되는

넓은 집을 찾았는데, 그 이유는 4월말 온유 돌잔치가

예정되어 있었기 때문에 우리와 양가 부모님이

함께 지내야 됐기 때문이다.

마지막 숙소 역시 오픈특가가 진행 중인 새 집이었다.

방 3개, 화장실 2개인 신축빌라이면서, 마음만 먹으면

도보로 곽지해수욕장과 GD카페를 갈 수 있는 위치였다.

· **보증금 없음/ 2주 임대 50만 원**

이렇게 세 군데의 숙소가 모두 정해졌다.

Step 2. 이동수단 마련하기(자동차 구입)

숙소가 정해지고 나자, 그 다음으로 중요한 건 바로
이동수단이었다. 제주 안에서 어떻게 이동을 할 것인가?
당시 우린 차가 없었고, 필요할 때마다
가까운 시댁에서 차를 빌려 쓰고 있던 상황이었다.
처음에는 시댁에 잘 이야기해서 차를 2개월만 빌려볼까
했지만, 시부모님께서 일하시면서 차가 종종 필요했기
때문에 그건 어려울 것 같았다. 우리 언나나 도련님에게
일정 금액을 주고 차를 몇 달간 빌려볼까도 생각해봤지만
이 역시도 여의치 않았고, 자동차 리스 등도 알아봤지만
금액이나 조건이 까다로워 이마저도 포기했다.

고민이 계속되자, 나는 '그냥 차 가지고 가지 말자!'라는
결론을 내렸고, 대신 숙소를 최대한 위치가 좋은 곳으로
열심히 알아보았다.
하지만 평소 차를 갖고 싶던 남편은
"온유도 태어났으니 이제 차가 필요해. 이왕 이렇게 된 거
이번 기회에 사자"며 이 기회를 놓치지 않고 나를 열심히

설득했다.

내가 계속 차를 안 산 이유는 간단했다.

필요하지 않아서였다. 차가 없어도 큰 불편함이 없었다.

필요할 때는 가까운 시댁에서 차를 빌리면 되고,

서울 시내를 이동할 때는 차보다 지하철이 훨씬 빨랐다.

차가 있으면 자동차세, 보험료 등 유지비도 많이 드는데

왜 굳이 차를 사야 하지? 나는 자동차를 사는 것만큼은

최대한 뒤로 미루려고 했다.

그러던 어느 날, 스타필드에 놀러간 우리는 우연히 한

자동차 매장을 지나게 되었다. 남편이 탑승이나 한번

해보자는 말에 나도 하는 수 없이 운전대를 잡아보게 되었는데,

이게 웬걸?! 막상 운전대에 앉아보니

기분이 마구 좋아지는 게 아닌가?

이 차가 우리 집 차가 된다면? 생각만 해도 멋진 일이었다.

'이래서 자동차 자동차 하는 거구나.'

남편이 이래서 갖고 싶었구나 단번에 이해할 수 있었다.

이성으로는 설득이 안 되더니,
감성으로 단번에 설득당했다.

'그래, 이왕 방랑하며 살기로 한 거 차가 있으면
온유도 우리도 더 편해지겠지. 더 미루지 말고 지금 사자!'

문제는 역시나 돈이었다. 예정에 없던 차를 사야 하니
안 그래도 빚 많은 집구석이 거덜 날 지경이었다.
새 차를 사는 건 당연히 불가능했고,
우린 그날 봤던 차와 똑같은 중고차를 알아보기 시작했다.
사정을 딱히 여기신 친정 부모님이 돈을 조금
보태주셨기에 우린 많은 빚을 지지 않고
차를 구매할 수 있었다.
우리가 산 중고차는, 방랑생활을 하면서
정말 큰 역할을 했다.
남편은 "내 말대로 차 사길 잘했지?"라며
제주살이 내내 지겹게 떠들어대긴 했지만,
안 가져갔으면 진짜 큰일 날 뻔했다.

제주 지역이 워낙 크다보니 차가 없었다면

우린 한정된 공간에 발이 묶였으리라!

숙소 간 이동을 할 때도 자동차는 제 역할을 톡톡히

해주었다.

Step 3. 이동수단 마련하기(배표 준비)

제주 내에서 이동할 수단은 마련되었고,

이제 문제는 제주까지 어떻게 가느냐였다.

제주는 비행기 또는 배로 갈 수 있다.

비행기로 가면 빠르고 편하겠지만,

우리는 배로 가는 것을 선택했다.

차를 가지고 가야 했고,

무엇보다 온유의 건강을 위해서였다.

온유의 심장이 아직 완치되기 전이었기 때문에,

혹시라도 비행기를 탔을 때 심장에 압력이 가해질까봐

안전하게 배를 타고 가기로 결정했다.

그렇지만 배로 이동하는 것도 너무 길면

온유가 많이 힘들어할 것 같아 배 탑승시간이 가장 짧은

'완도-제주 1시간 40분 구간'을 예약했다.

Step 4. 생활용품(생필품, 육아용품) 준비하기

제주도는 섬이라 육지보다 물가가 비싸고,

인터넷으로 물건을 구매할 때도

택배비를 추가로 지불해야 한다.

제주도에 가서 필요한 물건을 다 구매하는 게 가장 편하고

간단하겠지만, 우린 예산을 절약하기 위해

서울에서 가져갈 수 있는 건 최대한 준비해 가기로 했다.

다행히도 차 트렁크가 큰 편이라

생각보다 많은 짐을 넣을 수 있었다.

Step 5. 짐 싸기

제주살이를 준비하면서 가장 힘들었던 건 역시, 짐 싸기!

동생 집을 비움과 동시에 제주에 가져갈 것은 차곡차곡

박스에 담아 싸두었다. 나름 꼭 필요한 것만 싸려고

했는데도 차 안이 짐으로 가득해 보조석에 앉은 내가,

뒷좌석 카시트에 앉아 있는 온유의 얼굴이 보이지 않을

정도였다. 떠나기 직전 '이건 아니다~' 싶어

시댁에 몇몇 물건들을 포기하고 와야 했다.

Step 6. 떠나기

우여곡절 끝에 모든 준비 단계는 끝나고,

남은 건 이제 떠나는 것!

6시간에 거쳐 친정이 있는 광주에 도착한 우리는

그곳에서 5일 동안 숨 고르기에 들어갔다.

그리고 2018. 3. 2. 10:00 제주행 배 탑승!

우리 가족의 제주살이는 그렇게 시작되었다.

02

환상의 섬
제주 도착

배 위에서 1시간 40분이 지나고, 제주여객항터미널에
도착했다. 우리를 반기는 건지 3월인데도
제주의 날씨는 무척 따뜻했고, 하늘은 유난히 파랬다.
제주도의 첫인상은 그야말로 환상적이었다.
터미널 주변에 우뚝 서 있는 야자수들이
어찌나 이국적으로 보이던지! 새로운 도시에서 두 달간
여행하며 지내게 된다는 사실에 너무 설렜다.
새벽부터 나오느라 무척 피곤했던 우리는 곧장 숙소로
가서 짐부터 풀기로 했다.

우리의 첫 번째 숙소는 중문관광단지에 위치해 있는
원룸이었다.

예상대로 방은 생각보다 넓었고,

우리 세 식구가 지내기엔 충분했다.

차 안에 가득 실린 짐을 하나씩 풀어놓고서

첫날은 우리 모두 일찍 잠자리에 들었고,

다음 날부터 본격적인 제주도 여행이 시작되었다.

우린, 아침이 되어서야 그날 무엇을 할지 결정했다.

'오늘 점심에는 이걸 먹고, 오후에는 여기를 가고,

저녁에는 이걸 먹자!'

늦잠을 자고 싶으면 다 같이 늦잠을 자고,

밖에 나가기 싫은 날에는 하루 종일 집 안에서 다 같이 뒹굴었다.

한 번은 동생이 제주에 놀러왔었는데,

우리 가족을 보고 충격을 받았다고 했다.

본인은 미래 걱정을 하고 있는데, 우리 가족의 걱정은

오로지 '우리 오늘 뭐 하지?', '우리 오늘 뭐 먹을까?'

뿐이었다고. 생각해보니 그랬다.

어느 순간부터 나는 제주에서 먹고 사는 단순한 문제만
생각하고 있었다. 일복 있는 나는 지난 5년간 회사에서 늘
스트레스 상태에 있었다. 내가 하고 싶던 일이고
힘든 순간 뒤에는 성취감을 주는 결과가 따라와
일에 대한 만족감과 자부심이 있었지만,
잦은 긴장으로 내 목과 어깨는 단단하게 굳어 있었고,
열이 머리까지 올라와 있었다.
그래서인지 사회생활을 하면서 머리숱이 점점 줄어들었고,
아무리 먹어도 살이 찌지 않았다.
그런데 제주에 온 지 일주일도 채 되지 않아 살이 오르기
시작했다. 제주에 온 지 한 달도 안 되서는 4kg 넘게 살이
쪘다. 임신 때를 제외하면 인생몸무게 경신!
여기서 얼마나 마음이 편하면
이렇게 살이 금세 오를까 싶으면서도,
반대로 그동안 내가 얼마나 맘이 편치 않게 살았으면
살이 안 쪘을까 싶었다.

우린 어느 순간부터 요일도 잊기 시작했다.

'오늘 목요일 아니야?'

하고 보면 화요일이었다.

요일을 기억하고 살 필요가 없었다.

월요병이 없어졌음은 당연했다.

온유를 위해 시작한 제주살이인데,

온유가 우리에게 큰 선물을 주고 있다는 생각이 들었다.

온유 덕분에 엄마, 아빠가 호강하는구나.

고맙다, 온유야!

03

우리의 구세주,
맛집체험단

제주에서 지내면서 가장 큰 걱정은, 뭘 먹고사느냐였다.
요리에 소질도 관심도 없는 나는 요포자(요리포기자)가
된 지 오래였고, 결혼 후 우린 대부분 외식에 의존했다.
가끔씩 해주는 남편의 볶음밥, 김치찌개, 국수가 우리 집
메뉴의 전부였기에, 삼시세끼를 집에서 차려 먹는 건
우리에게 가장 두려운 일이었다.
그렇다고 제주에서 매번 외식을 할 수도 없는 노릇이었다.
제주의 물가는 상상 그 이상!
김밥 한 줄도 4천 원, 고기국수 한 그릇도 기본 7천 원

이상을 줘야 했다.

이렇게 매번 사 먹다가는, 머지않아 잔고가 텅텅 빌 게

분명했다. 그때 우리에게 빛이 되어준 건,

2015년 취미 삼아 개설했던 내 블로그였다.

블로그를 시작한 건 나를 아는 사람이 없는 곳에서

하고 싶은 말을 맘껏 할 수 있는 자유를 누리기

위해서였다. 페이스북, 카카오스토리, 인스타그램은 사생활

노출이 너무 심했다. 주변 사람들이 지켜보고 있다는 생각에

글을 쓰더라도 의식해야 했고, 잘살고 있는

모습만 보여줘야 할 것 같은 압박감이 싫어

나는 다른 SNS는 접어 두고 블로그에 발을 담갔다.

블로그는 그야말로 신세계였다.

나를 아는 사람이 아무도 없었다.

회사 다니면서 열 받는 일이 있으면 블로그에 하소연을 했다.

남의 눈치를 안 보고 실컷 욕도 할 수 있었고,

떠오르는 생각이나 아이디어를 맘껏 끄적일 수도 있었다.

그렇게 시작한 블로그는 조금씩 이웃과 조회수가 늘어났고,

어느 순간부터는 맛집 체험을 하고
후기를 올려달라는 요청도 들어오기 시작했다.
처음에는 외식비라도 줄여볼 요량으로 남편과 몇 번
호기심으로 다녀왔는데, 제주살이를 하면서
이 체험단이 우리의 구세주가 될 줄이야!
우린 제주에서 할 수 있는 맛집체험단은
모조리 신청해서 선정이 되면
먼 거리도 마다하지 않고 다녀왔다.

덕분에 절대 우리 돈으로 먹어 볼 수 없는
맛있는 전복 요리를 질리게 먹을 수 있었다.
이 뿐만이 아니다.
우리는 체험단을 통해 요트도 타고, 제트보트도 타고,
돌고래 공연도 관람하고, 돌고래와 수영까지도 했다.
체험단은 확실히 우리의 식비와 경비를 줄여주었다.

그렇지만 체험단이 공짜라고 해서
마냥 좋은 것만은 아니었다.

매일 저녁마다 사진 정리를 하고

생생하게 후기를 올리는 건 생각보다 꽤 귀찮은 일이었고,

밥 먹으면서 계속 사진을 찍느라

음식의 맛에 집중할 수 없는 건 당연했다.

자금이 넉넉한 상황이었다면 굳이 안 했겠지만,

우리에겐 선택권이 없었다.

（04）

제주살이 교훈 :
뭐라도 시도는
해보는 게 좋다

제주살이를 시작한지 딱 3일째 되던 날,

남편이 주차장에 잠시 다녀와서는 씩씩댔다.

누가 차 뒷부분을 쭉- 긁고 간 것이다.

남편은 그냥 도망간 사람 정말 너무하다며 마음 아파했다.

중고차긴 하지만 차 산지 한 달밖에 안됐다고!

정확히 어디서 긁힌 지도 모르고 범인을 찾기도 애매한 상황이라

나는 이미 이렇게 된 거 어쩌겠냐고,

세상은 돌고 도는 거라서 언젠가

그 사람도 돌려받을 거라며 위로를 했다.

평소 나는 이런 경우, 같이 화내고 기분 나빠하기보다는

정신건강을 위해 빨리 잊으라고 하는 편이다.

일이 복잡해지고 귀찮아지는 게 싫기 때문이다.

조금 귀찮은 상황이 될 것 같으면 파고들기보다는

'에이 됐어~ 그냥 넘어 가' 이러는 편인데,

꼼꼼하고 세심한 남편은 이게 잘 안 된다.

남편은 마음이 풀리지 않는 듯했다.

그러더니 다음 날 아침 갑자기 주차장에 다녀와서는

의심 가는 차량을 발견했다며 좋아했다.

아무래도 주차장이 가장 의심이 가서

하나씩 둘러봤는데 딱 우리 차랑 접촉했을 만한 위치와 각도에

똑같이 긁힌 자국이 있는 차량이 있었다고 한다.

역시 포기를 모르는 인간!

마침 1층에 cctv가 있었고, 딱 그 자리에도 카메라가 있어

집주인에게 연락을 해보았다.

그런데 맙소사!

그 cctv는 촬영은 되고 있는데, 녹화는 안 되고 있었다.

심증은 있는데 물증이 없다니!

남편은 다시 우울해졌다.

평소 나라면 또 '잊어버려~' 했겠지만,

그토록 바라던 차를 산 지 한 달 만에 이렇게 됐으니

얼마나 마음이 아플까 싶어 나도 해결방안을 고민해보았다.

고민 끝에 나는 남편에게 그 차에 '쪽지'를

한번 남겨보라고 했다.

저 사람이 모르고 그랬을 수도 있고,

혹시 알고도 그랬다면 약간의 죄책감을 느끼고 있을 테니

쪽지로 한 번 정중하게 상황 설명을 하고 맞는지

물어보라고 했다.

아니면 어쩔 수 없더라도, 일단 시도라도 해보자고!

남편은 차 주인이 기분 나쁘지 않게

최대한 정중하게 쪽지를 남겼다.

그렇게 쪽지를 차에 남기고 온 다음 날, 외출하려고

차에 타고 있는데 누가 빌라 입구에서 나오고 있었다.

직감적으로 우리가 의심하고 있는 차량의 주인일 것

같다는 느낌이 왔다.

예상은 적중!

중년의 아주머니가 의심 가는 차량에 올라탔다.

그리고 차에 들어가서 한참 동안 쪽지를 읽더니

그대로 출발했다.

'분명 저 아줌마가 맞는 것 같은데….

아닌가? 그냥 가네.'

이제는 우리도 어쩔 수 없다 하고 있는데

30분 뒤 모르는 번호로 전화가 왔다.

아까 그 아주머니였다.

자기가 긁었는데 경황이 없어 모르고 지나갔었다며,

보험 처리를 바로 해주시겠다고 했다.

끝까지 아니라고 잡아떼면 증거가 없는지라,

혹시나 하고 시도해본 건데 이렇게 일이 해결될 줄이야.

늘 일이 복잡해지는 게 싫어 웬만하면 그냥 넘겨버리는

나로서는 또 하나의 깨달음을 얻게 된 사건이었다.

시도조차 안 하면 그냥 그대로 끝나버리는 건데,

일단 시도라도 하면 확률은 반이 된다는 거.

안 되면 할 수 없는 거고, 되면 정말 감사한 일이니!

일단 뭐라도 시도라도 해보는 건 나쁘지 않은 것 같다.

05

온유를 위한
제주살이 맞아?

시간은 빠르게도 흘러갔다.
우린 매일 제주의 관광지 한두 곳을 돌아다니면서
영역 표시를 해나갔다.

감귤박물관, 올레시장, 동문시장, 성이시돌목장,
이중섭거리, 중문관광단지, 마라도…

주변 관광지란 관광지는 모두 섭렵하면서 돌아다녔다.
분명 제주에 오기 전만 해도 우린 온유랑 제주의 하늘과

바다를 보면서 차분히 쉬려고 했는데, 막상 이곳에 오니
시간이 그냥 흘러가는 게 너무 아깝다는 생각이 들었다.

제주에서 나는 가보고 싶은 곳이 무척 많았고,
한 군데라도 더 보기 위해 온유를 데리고
열심히 돌아다니기 시작했다.
물론 온유가 좋아할 만한 헬로키티아일랜드,
테디베어박물관, 코코몽에코랜드 등도 다녔지만,
시간이 가면 갈수록 이건 좀 아니라는 생각이 들었다.
우리가 관광하려고 이곳에 온 것인가!
회의감이 밀려왔다.
온유에게 공기 좋은 곳에서 엄마, 아빠와 좋은 추억을 많이
만들어주려고 온 건데, 이건 아무래도 아니었다.
온유를 앞에 내세우고 우리 욕심만 채우고 있었다.

두 번째 숙소로 옮기면서부터는 머무는 여행을 시작했다.
두 번째 숙소는 이런 여행에 최적화된 곳이었다.
함덕이라는 동네 자체가 아기자기하고 빈티지한 상점과

책방이 많아 멀리 갈 필요가 없었다.

도보로 10분 거리에 에메랄드빛 함덕 해수욕장이 있었고,

바로 옆 서우봉에 오르면 탁 트인 바다를 감상할 수 있었다.

마을뿐만 아니라, 집도 정말 예뻤다.

두 번째 숙소는 조용한 동네에 있는 타운하우스였다.

오픈한 지 얼마 안 된 따끈따끈한 집으로,

외관부터가 정말 제주스러웠다.

집 안은 화이트, 그레이, 우드가 어우러져

따뜻하면서도 깨끗한 느낌이었고,

침실의 침구는 폭신폭신해 누워 있으면 잠이 솔솔 왔다.

아담하지만 거실도 있었다.

거실 큰 창 너머로는 바깥 풍경이 훤히 보였고,

집 안으로 햇살이 가득 들어왔다.

가만히 앉아만 있어도 절로 힐링이 되는 곳이었다.

원룸에서 지내던 우리에게는 과분한 집이었다.

우리는 이 집에서 비로소 제주스러운 삶을 살 수 있었다.

06

제주,
어디가 가장
좋았어요?

64일간 제주살이를 하면서
주변에서 수도 없이 질문을 받았다.

'어디가 제일 좋았어?'

제주의 아름다운 곳은 모두가 잘 알고 있다.
성산일출봉, 만장굴, 용머리해안, 한담해안산책로,
협재해수욕장, 월정리 해수욕장, 비자림, 전농로벚꽃길…
너무 많아서 나열하기도 힘들다.

내가 굳이 이야기를 하지 않아도,

제주의 아름다운 명소들은 전 국민이 알고 있다.

그래도 우리 가족의 관점에서 가장 좋았던 곳을

꼽아보라면, 주저 없이 3군데를 고를 수 있다.

Best 1위는 '함덕서우봉해변'이다.

내가 3주간 살았던 두 번째 숙소가 있었던 곳.

집에서 도보 10분이면

에메랄드빛 함덕해변을 마주할 수 있었다.

이곳에 오기 전만 해도 나는 제주의 바다를

제대로 본 적이 없었다.

결혼 전에는 늘 해외로만 여행을 떠났고,

멀리 가는 것만이 제대로 된 여행이라 생각했다.

국내 여행지는 시시하다고 여겼다.

하지만 함덕해변을 본 뒤 생각이 달라졌다.

사람들이 왜 제주, 제주 하는지 단번에 이해할 수 있었다.

날씨가 좋을 때 함덕서우봉해변은 '진짜 미쳤다'라는

표현밖에 떠오르지 않았다. 그동안 내가 갔던 외국의

휴양지와는 비교도 할 수 없는 아름다움이었다.

바로 옆엔 서우봉이 함께 있어서 가만히 바라보고 있으면

그림 속에 들어온 것만 같았다.

서우봉에 올라서서 바라보는 함덕 바다는 더 예술이었다.

어쩜 이런 물 색깔이 나올 수 있지?

장관이 따로 없구나.

Best 2위는 '중문색달해변'이다.

중문해변의 뷰 포인트는 카페 더클리프.

우리가 갔을 때 이 카페는 가오픈 상태였는데,

가자마자 나는 확신했다.

'이곳은 머지않아 제주의 핫플레이스가 되겠구나.'

사람들이 소파에 누워 바다를 바라보고 있는 모습을 보고

있자니, 이곳이 한국인지 외국인지 헷갈릴 정도였다.

소파에 누워 바라보는 중문해변은 정말 보석처럼 반짝반짝

거렸다. 어찌나 눈이 부시던지!

한참동안 입 벌리고 넋을 놓고 바라봤다.

그날의 중문해변은 지중해보다 훨씬 더 아름다웠다.

Best 3위는 '코코몽에코파크'이다.

온유가 코코몽을 좋아해서 별생각 없이 갔다가 카페에서

바다를 보고 정말 '당황'했던 곳이다.

'우리나라에 이런 곳이 있단 말인가?'

새파란 하늘과 바다가 수많은 야자수와 어우러져

이국적인 풍경을 선사하고 있었다.

이곳의 장점이자 단점이라면 코코몽에코파크 입장권이

있는 사람만 카페(에코키친)를 이용할 수 있다는 거!

그래서인지 제주의 다른 관광지에 비해

사람이 그렇게 많지는 않다.

07

온유 덕분에
양가 가족여행까지!

부부가 같이 휴직하는 것까지는 괜찮다.

그런데 새 가전·가구가 담긴 신혼집을 통째로 내놓은 것도

모자라 돌도 안 된 아기를 데리고

제주, 가평 등을 떠돌며 살기로 결정했을 때

나는 양가 부모님의 반응을 가장 걱정했다.

'뭐라고 하시면 어떡하지?'

하지만 온유 말고는 눈에 뵈는 게 없던 나는

양가 부모님께 어떤 상의도 드리지 않고

모든 일을 일사천리로 진행하고 나서야

'허락'이 아닌 '통보'를 했다.

"저희 떠나요!

집은 처음 보는 예비부부에게 가전과 가구까지 통째로 내줬어요.

저희는 1년간 제주, 가평 등을 떠돌며 살 거예요."

시부모님과 친정 부모님이 보시기에

이 얼마나 해괴망측한 일이란 말인가?

하지만 양가 부모님의 반응은 모두 예상 밖이었다.

온유의 아픔으로 우리가 고통 받는 것을 옆에서

지켜보셔서 그런지, 시부모님은 우리의 결정에 어떤 말씀도

하지 않으셨다. 조심히 다녀오란 말씀뿐이셨다.

친정쪽 반응은 더 가관이었다.

친정 아빠는 누구 머릿속에서 나왔냐며 기발하다고 칭찬까지 하셨다.

언제 이렇게 부부가 같이 쉬면서 함께하겠냐고,

기회가 될 때 그 기회를 놓치지 말고

세 식구 좋은 추억을 만들고 오라고 하셨다.

정말 감사했다. 반대하거나 호통을 치실 줄 알았는데,
네 분 모두 묵묵히 우리의 결정을 응원해 주시는 게
참 감사했다.
그래서 우리는 제주살이를 하는 동안에
양가 부모님을 이곳에 초대해 함께 여행하며
그 마음에 보답해 드리기로 했다.
마침 온유의 돌잔치도 다가오고 있으니,
제주에서 조그맣게 가족끼리 돌잔치도 하고,
양가가 함께 여행하는 걸로!

하지만, 양가 가족여행이 생각만큼 쉬운 건 아니었다.
온유의 돌잔치가 토요일이라 미리 오셔서 2박 3일 정도
함께 여행했으면 했지만, 각자의 스케줄로 인해
일정 맞추기가 정말 어려웠다.
제주에 올 수 있는 날짜가 제각각이었다.
결국 일찍 올 수 있는 사람은 각자 여행을 하다가,
돌잔치 전날인 금요일에만 모두 모여서 여행하는 걸로
가닥이 잡혔다.

여행 날짜가 결정되자, 우리는 시댁 식구들이 머물 숙소와
여행 루트를 정했다.
양가 가족이 모두 함께하는 날은 단 하루!
제주에서 단 하루를 보내야 한다면 어디로 가야 할까?
양가 부모님을 어디로 모시고 가야 좋아하실까?

답은 간단했다. 제주살이 하면서 가장 좋았던 곳!
그렇다면, 고민할 것도 없이 '함덕'이다.
제주의 가장 아름다운 모습을 함축해 놓은 곳.
양가 부모님은 함덕 바다를 가장 잘 볼 수 있는
'델문도'라는 카페에서 만나셨다.
그리고 에메랄드빛 함덕해변을 함께 감상하고,
그 옆 서우봉에 올라 둘레길을 걸으셨다.
몇 번이나 올라간 서우봉이었지만,
그날의 서우봉은 조금은 다르게 느껴졌다.
그 어느 때보다 따뜻하고 포근했다.

남편과 온유, 나 우리 셋만 보기엔 아까웠던

제주의 아름다움을 양가 가족과 함께할 수 있어 행복했다.

엄마, 아빠가 준비한
셀프 돌잔치

어느덧, 온유의 돌잔치가 슬슬 다가왔다.

1년간의 방랑살이가 결정되고 나서,
우리의 또 한 가지 고민은 온유의 돌잔치였다.
서울에 집도 없는데 돌잔치를 어디서 어떻게 해야 할까?
남들이 하는 것처럼 화려한 돌잔치 장소를 대관해서
많은 사람들을 초대하고 한복을 곱게 차려 입고
하루 종일 억지웃음을 짓는 건 아무래도 내 스타일이
아니었다.

문득 이런 생각이 들었다.

'제주에 내려간 김에 거기서 돌잔치도 해버릴까?'

제주에서 돌잔치라…. 생각하면 생각할수록 괜찮았다.

가족들끼리 온유의 첫 생일을 특별하게

보낼 수 있을 것 같았다. 이 생각을 하자마자,

양가 부모님께 말씀드리고 바로 OK사인을 받았다.

양가 모두 온유가 첫 손주라 돌잔치를 크게 하고 싶은

마음도 있으셨을 텐데, 이번에도 양가 부모님은

좋은 생각이라며 흔쾌히 동의해 주셨다.

나는 곧바로 돌잔치 장소를 알아보기 시작했다.

가족끼리 간단하게 식사를 할 거지만

식당에서 평범하게 하는 건 싫었다.

우리가 직접 식사를 준비할 수 있는 곳.

이왕이면 양가 가족이 함께 하룻밤도 보낼 수 있는 곳.

나는 펜션을 알아보기 시작했다. 하지만 식사공간을 우리만

사용할 수 있는 펜션을 찾기는 쉽지 않았다.

찾아도 그곳은 굉장히 가격이 비쌌다.

문득 내가 임신했을 때

제주로 여행을 가려고 봐둔 숙소가 생각났다.

많은 손님을 받지 않는 프라이빗한 게스트하우스.

여긴 손님들만 사용할 수 있는 전용 카페도 있었고,

바깥에서 바비큐도 할 수 있었다.

더구나 가격까지 저렴했다.

이곳을 통째로 빌리는 게 13만 원이라니!

여기다!! 나는 곧바로 그곳을 하룻밤 예약했다.

다음으로 준비할 건, 돌상과 돌빔.

간소하게 식사만 한다고 해도 돌상은 있어야

잔치 분위기가 날 것 같았다. 고민 끝에 돌상과 돌빔은

대여하기로 하고, 제주까지 추가 배송비 2만 원을 포함해

총 10만 원에 해결했다. 인터넷을 통해 미리 주문하고서는

돌잔치 날짜에 맞게 배송 예약을 해두었다.

그럼 이제 남편과 나는 뭘 입을까?

간단하게 식사만 하는 자리인데,

한복을 입기에는 좀 거추장스럽다는 생각이 들었다.

결혼식 때 딱 한 번 입은 예복이 생각났다.

그래, 깔끔하게 예복을 입자! 돈도 안 들고 좋다!

남은 건 음식이었다.

처음엔 온유의 첫 생일을 기념하는 자리인 만큼,

간단하지만 의미 있게 떡국을 끓여서 대접하려고 했다.

여기에 떡이나 과일을 추가로 준비하면 되지 않을까?

고민하던 중 친정 쪽에서 음식을 하나씩 맡아 준비해 오겠다고

해서, 덕분에 우리의 임무는 수월해졌다.

돌잔치 전날, 남편과 나는 그곳에서 머물면서

차근차근 장소 세팅에 돌입했다.

우선 테이블과 의자를 보기 좋게 옮기고,

벽 한쪽에는 돌 현수막을 달았다.

대여한 돌상 위에는 노리개, 실타래, 돌잡이 용품 등을

자리에 맞게 놓고, 미리 준비해놓은 떡과 과일,

케이크 자리를 마련해 두었다.

그리고 남는 테이블 하나는 반짝 아이디어를 내서
'온유테이블'로 만들어 입구 쪽에 설치했다.
캐리어를 급하게 뒤져 온유의 장난감과 인형 등
온갖 잡동사니를 총동원시켜서 올려놓고, 아이패드에
온유의 성장 동영상을 틀어놓았더니 꽤 그럴듯해 보였다.
얼마 전 산 새 노트를 돌잔치 '방명록'으로
둔갑시키는 센스까지 발휘!

마지막 임무는 식탁 세팅이었다.
다이소에서 사온 작은 조화를 준비해 테이블마다 올리고,
1회용 고급접시에 친정에서 준비한 샐러드, 불고기, 과일 등을
올렸더니 남부럽지 않은 잔칫상이 되었다.
그리고 와인잔으로 화룡점정!
돌 잔칫날 아침, 손님들이 속속 도착하고 우리만의
돌잔치는 시작되었다. 며칠 전부터 괜스레 울컥울컥하던
나는 결국 돌잔치가 시작되자마자 눈물을 주르륵 흘렸다.
감격스럽고 행복해서였다.
온유가 건강하게 지내온 게 고맙고 대견했다.

정해진 행사 순서는 없었지만, 우린 돌잡이도 하고
돌반지 증정식도 하고 돌상 앞에서 가족사진도 찍었다.
애초부터 직계가족과 간단히 하기로 한 돌잔치라
주변에 알리지 않고 조용히 치렀지만,
여기저기서 조금씩 축의금도 들어왔다.
총 200만 원의 돌 축의금. 이건 고민 끝에,
우리가 받은 사랑을 아픈 이웃에게 조금이나마 나누고 싶어
총 금액의 10%를 환아 가족에게 기부했다.

직계가족과 몇몇 친척들만 함께한 간소한 돌잔치였지만
세상 어디에도 없는 우리만의 특별한 돌잔치였다.
양가 부모님께서는 식사 내내 정말 잘했다고 좋아하셨다.
우리가 직접 준비해 더욱 특별했고,
그래서 더욱 만족스러웠던 온유의 돌잔치.

엄마, 아빠표 돌잔치는 성공이다!

09

돌 사진도
우리 손으로!

돌잔치에서 빼놓을 수 없는 건, 바로 돌 사진.

돌 사진도 우리 손으로 해결했다.

처음엔 돌 스냅 사진을 따로 돈 주고 찍어야 하나

고민했지만, 굳이 그럴 필요가 없었다.

우리 집엔 전문가 못지않은 아마추어 작가가 있었다.

평소 사진 찍는 걸 좋아하는 남편은 온유가

태어났을 때부터 성장 과정을 틈틈이 카메라에 담았다.

남들 다 하는 50일, 100일 스튜디오 촬영도

당연히 안 했다. 인터넷에서 소품을 사서

우리끼리 집에서 셀프 촬영을 했는데,

스튜디오 촬영보다 훨씬 더 의미 있었다.

그러고 보니 우린 결혼할 때도 스튜디오 촬영을 하지 않았다.

아는 분 사진관을 빌려서 몇 장만 도움을 받고

나머지는 우리끼리 셀프 촬영으로 해결했다.

이런 부분에서는 남편과 나는 쿵짝이 참 잘 맞았다.

'남들 다 하는 대로 하는 건 싫어.

우리만의 사진을 담자.'

우린 제주를 여행하면서 아름다운 배경이 있는 곳에서는

어김없이 카메라를 꺼내 들었다.

에코랜드, 사려니 숲길, 섭지코지, 한라수목원, 한라봉농장,

함덕해변, 우도 서빈백사…

제주 자체가 세상에서 가장 아름다운 야외 스튜디오였다.

그렇게 틈틈이 사진을 찍어댔더니,

제주살이가 끝나고서는 온유만의 특별한 돌 앨범 한 권이

완성되어 있었다.

온유가 나중에 알아주려나?

엄마, 아빠가 얼마나 노력했는지를!

제주살이 종료

어느덧 64일이 흐르고, 제주살이는 끝이 났다.

엊그제 제주에 온 것 같은데, 벌써 두 달이 지났다니.

제주에서 하고 싶은 건 다해서 아쉬움은 없다고 생각했는데,

막상 떠나려니 마음이 싱숭생숭해 잠이 오지 않았다.

뇌 mri 결과가 나오기 전,

'혹시나 나쁜 결과가 나오면 어쩌지.

그럼 우리 온유를 빨리 행복하게 해줘야 하는데….

어떻게 해야 행복하게 해줄 수 있을까?

우리나라에서 제일 좋은 곳으로 데리고 가자.'

그때 나는 이런 이유로 제주로 가야겠다고 생각했다.
다행히 mri 결과는 생각보다 나쁘진 않았지만,
아직 마음을 완전히 놓을 수 없었기에
제주에 가겠다는 결심은 변하지 않았다.

제주살이를 결심하게 된 계기는 행복하지 않았지만,
결론적으로는 제주에 지내면서 정말 행복한 시간을 보냈다.
좋은 것을 볼 때마다 어두운 터널 속에 갇혀있던 때가
떠올라 몇 번 울컥하기도 했고,
함덕에서는 행복해서 눈물이 나기도 했다.
작년에 우리 너무 고생했다고 하늘에서 선물을 주신 것만
같았다.

제주에서의 64일은 인생에서 절대 잊지 못할 것 같다.
살아가면서 우린 이때의 추억을 수없이
꺼내고 또 꺼내보며 울고, 웃고, 그리워할 것이다.

우리 온유는 어디를 가고, 무엇을 했는지

전혀 기억하지 못하겠지만

엄마, 아빠와 함께하며 느낀 행복은

가슴 깊이 심어졌기를 바란다.

안녕, 제주.

무심코 행복함을 느낄 때

01

손님 없는
시아버지의 펜션

제주살이가 끝나고, 우리의 다음 목적지는 가평.

갑자기 웬 '가평'이냐고?

애초에 예산 때문에 제주에서 오랫동안 지내는 건

어렵겠다고 판단한 우리는 가평에 있는 시아버지의 펜션을

떠올렸다.

손님 없는 펜션.

한 달에 많아야 서너 팀 정도가 오는데,

그마저도 시아버지의 아시는 분들이 대부분이었다.

시아버지는 몇 년 전 가족의 반대를 무릅쓰고,

넉넉하지 않은 형편에 빚을 내서 가평에 집을 지으셨다.

처음에는 교회 모임을 하려고 지었던 곳인데,

대출금과 이자의 압박이 오자 펜션으로 용도를 바꾸셨다.

펜션은 가평 설악면 산자락에 위치해 조용하고 공기도 좋았다.

드넓은 잔디밭도 있고, 아버님이 직접 일구신 텃밭도 있고,

펜션 아래에는 전용 계곡까지 있었다.

조용히 힐링하면서 지내기에 최적의 장소인데,

사람이 없다니! 우리가 지내기 딱이었다.

곧 온유의 심장시술도 앞두고 있었기 때문에

시술이 끝나고 공기 좋은 곳에서 회복하기도

참 괜찮겠다는 생각이 들었다.

텃밭도 일궈야 하고 펜션 이곳저곳 손볼 데도 많다고 하니,

우리가 도와드리면서 두 달간 지내보기로!

제주에서 다시 배를 타고 완도로 온 우리는

완도에서 광주 친정집으로 가서 이틀간 충전하고

마침내 가평으로 올라왔다.

전에도 몇 번 와본 적 있는 곳이라 익숙하긴 했지만,

우리가 두 달간 살게 될 곳이라 생각하니 느낌이 묘했다.

제주에 이어 이번엔 가평에서 살게 되는구나!

이곳에선 어떤 일상이 우리를 기다리고 있을까?

02

할 게 없어요.
가평의 하루

제주와 달리 가평은 참 할 게 없는 곳이었다.

물 하나를 사더라도 읍내까지 차로 20분이나 가야 하는

산골에서 지냈기에, 집에서 머무는 일이 많아졌다.

TV도 없는 이곳에서 우리가 할 수 있는 일이라고는

마을 산책하기

낮잠 자기

삼시세끼 챙겨 먹기

텃밭 가꾸기

계곡에 발 담그기

펜션 청소하기

TV로 보던 '삼시세끼' 현실판이었다.

처음에는 조금 지루하게도 느껴지고 시간이 안 가

당황스러웠는데, 시간이 지나면서 가평은 제주와는

또 다른 매력이 있음을 알게 되었다.

굳이 관광지를 갈 필요가 없었다.

집 주변이 온통 멋진 자연이었다.

새소리와 계곡 소리로 시작하는 아침은 정말 상쾌했다.

제주가 천혜의 자연환경으로 우리에게 감동을 주었다면,

가평은 우리에게 진정한 휴식과 쉼을 주었다.

우리가 직접 키운 텃밭의 채소들로 식탁을 꾸미고,

계곡에 발을 담그며 시원한 수박을 먹고,

가끔 가족과 친구들을 초대해 삼겹살을 함께 구워 먹고.

남편과 대화하는 시간이 더 많아진 건 보너스!

잿빛 도시에서 벗어나 온통 초록초록한 자연의 한가운데서
지내다보니, 사회생활하면서 얻은 묵은 때도
조금씩 벗겨지는 기분이었다.
이런 환경을 누릴 수 있음에 감사했다.

언제 또 이렇게 한가롭게 여유 부리며 살아볼 수 있을까.
우리는 가평의 평화로운 일상에 흠뻑 젖어들었다.

우리가 좀 바꿔보자.
25만 원으로 바꾼 집

가평살이 초기에 우리는 미션을 하나 만들었다.

이곳을 좀 예쁘게 꾸며보기로!

아버님께서는 홍보가 덜되서 펜션에 손님이 없는 것

같다고 하셨지만, 내가 보기에는 아니었다.

인테리어가 문제였다.

주변 환경이나 위치도 좋고 조명이나 내장재 등

기본 인테리어는 나쁘지 않았는데,

내부가 왠지 모르게 뭔가 촌스러웠다.

펜션 같지 않고, 가정집에 온 느낌이랄까.

남편과 마찬가지로 아버님도 맥시멀리스트셨다.

쓸데없는 물건은 왜 이렇게 많은지.

골동품에, 고장 난 물건들까지!

집에서 안 쓰시는 물건들은 죄다 이곳에 가져다 놓으신 거 같았다.

이러니 누가 이곳에 오겠냐고요.

생각해보니, 무뚝뚝한 아들 셋밖에 없는 아버님께서는

누군가의 도움을 받기가 어려우셨을 것 같았다.

딸이 있었다면 분명 달라졌겠지.

그래서 며느리인 내가 나서기로 했다.

예쁘게 바꿔놓으면 손님이 좀 늘지 않을까 하는 생각에

우린 두 달 간 지내게 해주신 보답으로

이곳을 조금씩 바꿔나갔다.

최소 비용으로 최대 효과를 내기 위해 이케아도 방문!

돈이 넉넉지는 않으므로, 딱 25만 원의 예산을 잡고

쇼핑을 했다. 내가 가장 바꾸고 싶은 건,

할머니 집에나 있을 법한 진보라색 침구였다.

심플하고 깔끔한 화이트 침구로 싹 바꾸고,

북유럽 느낌의 액자와 화분을 곳곳에 배치하고,

필요 없는 물건은 미련 없이 비워냈더니

전보다 분위기가 훨씬 밝고 산뜻해졌다.

우리 밥값은 한 거 맞지?

앞으로는 손님이 좀 많아지기를.

04

집 없는
설움

신혼집을 떠나오고서 몇 달 동안이나

집에 돌아가고 싶다는 생각을 해본 적이 없었다.

하지만 가평에서 지내는 동안에는 집이 점점 그리워지기

시작했다. 펜션에 가끔 손님이 올 때,

우리는 의도치 않게 쭈그려져 있어야 했다.

가평살이 초기에는 아버님이 미리 받아두신 전체 예약이

몇 번 있었는데, 그때마다 우리는 펜션을 떠나

하룻밤 지낼 곳을 찾아다녔다.

회사 찬스를 써서 근처 리조트에서 머물기도 하고,

아버님 아시는 분 펜션에 가서 신세를 지기도 하고.

한 번씩 온유를 데리고 이동하는 일은

여간 불편한 일이 아니었다.

짐 싸는 일이 익숙하면서도 귀찮았다.

그 뒤로는 아버님이 전체 예약은 안 받으시고,

우리 방을 제외한 나머지 방들과 거실을

대여해주곤 하셨는데, 그건 더 고역이었다.

누구 하나 눈치 주는 사람이 없는데

괜히 눈치가 보여 방 밖으로는 나가지 않았고,

혹시나 온유 우는 소리가 거실까지 들릴까봐

밖에 나가서 밤늦게 돌아와야만 했다.

집 없는 설움이 이런 건가?

6개월 만에 집 생각이 났다.

늘 자유를 찾아 여행을 떠났는데,

어쩌면 내가 가장 자유로워질 수 있는 곳은

집이라는 생각이 들었다.

덕분에 당연하게 여겼던 것에 대한

소중함을 느낄 수 있었다.

집에 돌아가면 감사하게 생각하며 잘 살아야지.

05

올 것이 왔다.
온유의 심장시술

제주에 있을 때 만큼은 온유의 아픔도 다가올

온유의 심장시술에 대한 걱정도 전혀 하지 않고 지냈는데,

가평에서는 이따금씩 마음이 무거워졌다.

얼마 남지 않은 온유의 심장시술.

그렇게 위험하지 않다고는 하지만,

'혹시나 잘못되면 어쩌지?' 하는 불안한 마음에

자꾸 달력을 쳐다보게 됐다.

시간은 흘러 어느덧 시술 날짜가 코앞으로 다가왔다.

우리는 사흘간의 입원을 위해 또다시 짐을 쌌고,

서울로 여행을 가는 거라고 애써 생각하며

가평 집을 나섰다.

병원에 도착해서는 정신없는 일정이 이어졌다.

혈압 재고, 피 뽑고, 소변 검사하고, 심장초음파, 심전도

검사, CT 촬영까지.

다행인 건 온유는 크게 힘들어하지 않았다.

병실 적응을 위해 침대에 평소 가지고 놀던 장난감을

놓아주고, 피를 뽑거나 힘들어할 때는 온유가 좋아하는

영상을 보여줬더니 울지 않고 가볍게 넘어갈 수 있었다.

2018. 5. 17. 온유의 동맥관개존증 시술이 있던 날

오전 8시 반이 되자, 직원이 이동식 침대를 가지고 왔다.

'올 것이 왔다.'

우린 온유를 이동식 침대에 눕히고선

어린이병원 병실에서 본관 3층에 있는 심혈관조영실까지

꽤 긴 거리를 이동했다.

도착해서는 위생을 위해 파란 덧신을 신고 조영실 안으로
들어갔다. 시술실 안에는 보호자 한 명만 들어갈 수 있다고
해서 나는 TV에서만 보던 파란 모자와 파란 마스크를 썼다.
그리고 차가운 시술실에 들어가서 온유가
전신마취되어 잠들 때까지 따뜻하게 꼭 안아주었다.
시술이 시작되고, 우리는 밖에서 대기했다.
'잘되겠지. 별일 없을 거야.'

기다리는 동안 만감이 교차했다.
어느덧 1시간 반이 흐르고 시술을 마친 교수님께서는
밖에 나오셔서 시술 결과를 설명해주셨다.
온유의 혈관 크기가 작게 남아 있어서
별 무리 없이 잘 끝났다고 했다.

30분 정도 더 기다리니, 전신마취에서 깨어난 온유가 나왔다.
온몸은 보자기로 꽁꽁 싸매져 있었고,
머리에는 보호대를 쓴 채, 산소마스크를 쓰고 있었다.
깨어났을 때 내가 안 보이는 데다가 온몸을 움직일 수도

말할 수도 없으니 겁을 잔뜩 먹은 듯했다.
온유는 산소마스크 안으로 힘없이 울면서
눈으로 불안함을 호소했다. 마음이 찢어졌다.
내 눈에서 눈물이 줄줄줄 흘러내렸다.
내가 울면 온유가 불안해할 텐데….
울면 안 되는데 참으려 해도 쉽지 않았다.
이건 내 의지로는 안 되는 일이었다.

온유는 회복실로 가서 또다시 1시간을 혼자 있었다.
그리고 나와서는 나를 보자마자 서러움이 폭발해서
펑펑 울었고, 나 역시도 안쓰러운 온유의 상태를 보고
또 눈물을 주르륵 흘렸다.

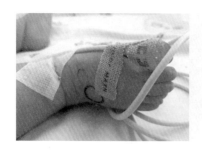

이제 우리는 병실로 이동했다.

잘 끝났다는 안도감도 잠시.

온유는 시술을 위해 양쪽 허벅지에 구멍을 냈기 때문에

이때부터 6시간 동안 다리를 못 움직이게 하고

금식도 해야 했다. 산 넘어 산이었다.

전날 자정부터 물도 못 먹은 온유는 배고프다고 난리였다.

유일하게 할 줄 아는 단어 '맘마'를 연신 외쳐댔다.

보다 못한 나는 간호사와 주치의에게 그냥 주면 안 되냐고

몇 번을 요청해봤으나 안 된다고 했다.

정말 10분이 1시간 같았다.

온유가 좋아하는 영상을 보여주고, 장난감으로 놀아주고,

억지로 잠을 재워서 배고픔을 잊게 해주었다.

우리가 할 수 있는 일은 이것밖에 없었다.

그렇게 금식 16시간이 지나고, 원래 오후 4시까지

금식이었는데 나는 내 재량껏 30분 먼저 분유를 줬다.

온유가 고통스러워하는 모습을 차마 더는 볼 수 없었다.

그 자리에서 평소 먹는 양보다 훨씬 더 많은 양을

원샷한 온유. 그리고서 세상 편안하게 잠이 들었다.

한참을 푹 자고 일어난 뒤 온유는 컨디션이 평소보다
더 좋아 보였다.

뭐가 좋은지 신나서 웃고 열심히 팔을 흔들어 댔다.

회복이 거의 다 된 걸까, 아니면 오전부터 힘든 상황을
겪을 대로 다 겪어서 지금이 행복하다는 걸 아는 걸까.

온몸을 뜨겁게 했던 열도 거의 내려가 있었다.

비로소 나는 마음을 푹 놓을 수 있었다.

심장으로 인한 우리의 마음고생도 이렇게 끝이 났다.

06

조금 느려도
괜찮아

심장시술을 하러 서울대병원에 갔을 때 온유는
뇌신경 정기검진도 함께 받았다. 4개월 만이었다.
혹시나 안 좋은 결과가 나오면 어쩌나 잔뜩 긴장했는데
다행히도 교수님께서 별문제는 없어 보인다고 하셨다.
6개월 뒤 마지막으로 검진을 해보고 그때도 큰 문제가
보이지 않으면 더 이상 병원에 올 필요도 없다는 말씀도
해주셨다. 단, 조건이 있었다.
온유가 그때는 걸어야 한다는 거였다.

온유는 또래 아이들에 비해 대근육 발달이 많이 느린
편이었다. 뒤집는 것도, 기어다니는 것도, 혼자서 앉는 것도
모두 4개월 정도 느렸다.
돌이 지났는데도 잡고 설 기미는 보이지 않았고,
네 발 기기는커녕 배밀이도 겨우 하고 있었다.
심장 때문인지 뇌 때문인지 알 길이 없었다.
다른 부모 같으면 우리 아이가 왜 이렇게 느리지?
하고 마음을 졸일 텐데 우린 크게 신경 쓰지 않았다.
수명을 걱정했는데, 그깟 발달쯤이 무슨 대수랴.
4개월에 뒤집고 6개월에 기어다니는 건
표준이고 평균일 뿐. 우리에게 중요한 것은
'아주 많이 느리긴 해도 조금씩 발달하고 있다'는
점이었다.

15개월인 지금, 온유는 아직 완전히 혼자서 걷진 못하지만
얼마 전부터 잡고 서서 조금씩 움직인다.
조만간 아장아장 귀엽게 걸어다닐 것 같다.
이로 인해 뇌 걱정도 졸업!

아이마다 성장 속도는 조금씩 다르다.

때가 되면 하게 되어 있으니,

아이와의 소중한 시간을 미리 걱정하면서 지내지 말 것!

조금 느려도 괜찮다. 정말 괜찮다.

07

삶이 내게
주려고 했던 것

목투명대, 심장, 뇌로 인해 작년부터 마음고생을 많이 했는데,

결국엔 돌고 돌아 제자리로 돌아왔다.

결국 이렇게 될 걸, 왜 이런 일이 일어났을까?

나에게 어떤 깨달음을 주시려고 한 걸까?

수없이 생각하고 또 생각했다.

내가 누군가에게 원한을 산 건가?

그래서 온유에게 이런 일이 일어난 걸까?

스스로 자책하기도 했다.

그러던 어느 날, 『새의 선물』이라는

책의 한 구절이 눈에 들어왔다.

'삶이 내게 할 말이 있었기 때문에

그 일이 내게 일어났다.'

돌이켜 보면 나는 타인의 아픔은 신경 쓰지 않고 살아왔다.

누군가 슬퍼하면 위로는 해줄지라도

그 사람을 깊숙이 이해하기가 힘들었다.

왜 이런 일로 슬퍼하지?

그냥 털어내면 되는 거 아니야?

드라마나 영화를 보고 눈물을 흘리는 것도 이해하지 못했다.

그게 참 쿨하지 못하다고 생각하며 살아왔는데,

사실 그건 공감 능력이 부족했던 거였다.

그런데 온유가 아프고 나서는 주변의 아픔이 보이기 시작했다.

병원에서 아픈 아이와 부모들을 볼 때마다

내 마음도 너무 아팠고, 비슷한 사연을 들을 때마다

나도 모르게 눈물을 흘리고 있었다.

다른 사람의 아픔을 느낄 수 있게 하려고

하늘이 나에게 이런 시련을 주셨던 걸까?

늘 30대가 되면 한 분야에서 전문성을 갖고 유학 가서
더 깊게 공부를 하고 오겠다는 당찬 꿈이 있었다.
하지만 20대 내내 어떤 분야를 공부하고 싶은지
쉽게 답을 내리지 못했다.
틀만 있고 알맹이가 없었던 것이다.
하지만 나는 이번 일을 계기로 이 질문에 대한 답도 찾았다.
아이가 아플 때, 부모의 스트레스는 상상 이상으로 크다.
아이를 돌보느라 자신을 돌볼 여유가 전혀 없다.
저소득 환아에 대한 경제적 지원은 있는데,
환아 부모들에 대한 지원은 왜 그 어떤 것도 없는 것일까?
부모의 마음이 건강해야 그 자식들도 잘 돌볼 수 있는
법인데 말이다. 누군가는 그들의 아픔과 슬픔을
보듬어줘야만 한다.

나는 환아 가족 지원방안에 관한 공부를 하고,
훗날에는 환아 가족들을 위한 센터를 만들겠다는 꿈이 생겼다.

지친 환아 가족들이 몸과 마음을

힐링하고 잠시 쉬어갈 수 있는 그런 공간 말이다.

물론 생각처럼 쉽지는 않을 것이다.

그래도 지금 내가 했던 다짐과 결심을 잊지 않고

하나씩 차근차근 준비해 나간다면

언젠가는 이룰 수 있지 않을까?

제자리에 온 것 같지만 결코 제자리가 아니었다.

삶은 어쩌면 내게 부족했던 것들을 채워주려고

한 걸지도 모르겠다.

PART 6

4가지 가족 버킷리스트

01

이젠
어디로
갈까요?

시간은 흘러 어느덧 6월 말이 되었다.

남편의 복직 시계도 째깍째깍 울려댔다.

가평살이도 곧 끝이 나고, 이젠 우린 어디로 가야 하나

고민할 때쯤 회사에서 연락이 왔다. 회사 정기 발령 일정이

늦어져 복직 시기도 조금 늦어졌다는 거였다.

아직 확정되진 않았지만 보름에서 한 달 정도

더 있어야 된다고 했다.

야호! 쾌재를 불렀다. 남편이 회사에 돌아간다는 사실이

내심 아쉬웠는데 이렇게 자연스럽게 시간이 더 주어지다니!

그럼 남은 시간을 어떻게 보내지?
가평에서 더 지낼까 했지만 여름 휴가철이 다가오면서
펜션에 손님들이 늘고 있었다. 아무래도 이곳에
더 머무는 건 아버님께 민폐라는 생각이 들었다.

그럼 어디로 가지? 광주 친정집으로 가야 하나?
아니면 속초나 부산 등으로 또 방랑여행을 떠나야 하나?

그때 내 안에서 꾹꾹 눌러 담고 있던 해외여행 욕구가
분출되기 시작했다. 평소 저질체력인 나는 해외만 나가면
이상하게 에너지가 넘쳐날 정도로 해외여행에 사족을
못 쓰는데 출산하고서 발이 꽁꽁 묶여 있었다.
혹시나 온유 심장에 무리가 갈까봐 비행기 타는 건
상상도 못했기에 주변에서 여행 소식이 들려오면
입맛만 다시고 있었다.
그런데 온유의 심장은 이제 완치가 되었다.

더 이상 외국을 못 나갈 이유가 없었다.

여행 욕구는 스멀스멀 기어 나오다 못해

어느덧 내 주위를 날아다니기 시작했다.

상상을 해보니 피식피식 웃음이 나왔다.

이러다 미칠 것 같아서 남편에게 슬쩍 이야기를 꺼내보았다.

"여보, 우리 해외나 잠시 갔다 올까?

우리 그동안 고생도 많이 했고

이제 복직하면 일하랴 육아하랴 시간이 없잖아.

지금이 정말 기회인 것 같아.

복직하기 전 마지막 자유를 좀 누려보자!"

온갖 달콤한 말들로 남편을 유혹했다.

귀가 솔깃해진 남편은 잠시 고민하더니 결국 좋다고 대답했다.

신이 나서 나는 며칠간 여행지를 열심히 알아보았다.

홍콩, 베트남, 괌, 세부, 오키나와. 어디로 가지?

일단 온유를 위해서 장거리 여행은 제외시켰다.

비행시간이 길면 아무래도 온유가 많이 힘들어 할 것 같았다.

휴양지도 제외시켰다. 제주와 가평에서
아름다운 바다와 산을 원 없이 봤기 때문이다.

며칠간 눈알 빠지게 이곳저곳 검색을 하고서 결정을 내린
우리의 첫 해외여행지는 '다낭과 호이안.'
도시이면서 휴양도 할 수 있는 곳이었다.
아기 엄마들이 많이 찾는 도시라 혹시나 온유가 아프거나
문제가 생겼을 때 도움을 받기도 쉬울 것 같았고,
비행시간도 4시간으로 합격이었다.
물가까지 저렴하니 금상첨화였다.
여행지는 정해졌으니, 이젠 항공, 숙소 등을 알아볼 차례.
남편에게 나만 믿으라 하고 모든 걸 혼자서 빠르게
착착 준비해나갔다.

02

110만 원으로
다낭&호이안
도전!

이번 여행에서 가장 중요한 건 비용이었다.

5월부터 내 육아수당은 안 나오고 있었고,

남편의 월급은 50만 원이 전부였다.

객관적으로 해외여행 갈 상황은 정말 아니었지만

시간 있을 때 여행은 빚을 내서라도 가야 한다는

신념 하나로 여기저기 끌어서 돈을 만들었다.

우리의 여행 예산은 110만 원.

3인 가족이 떠나는데 이게 가능할까 싶겠지만

내 내공이면 충분히 가능하다는 자신감이 있었다.

나는 평소 여행 다닐 때도 가성비를 정말 중요시했다.

비행기 티켓도 숙소도 가성비가 좋다는 판단이 들지

않으면 절대 결제를 하지 않았다.

이거다! 싶은 게 나타날 때까지 눈알이 빠지도록 검색했다.

이 노력과 의지라면 110만 원도 전혀 문제될 게 없을 터.

이번에도 며칠간의 검색 끝에 저렴한 항공권과 숙소를

찾아낼 수 있었다.

먼저, 항공권은 저가 항공사에서 4박 6일 왕복으로

3인 총 56만 원에 구했다. 특가로 나온 3박 5일 47만 원짜리도

있기는 했으나, 이왕 가는 거 하루 더 있는 게

나을 것 같아서 조금 더 금액을 지불했다.

숙소는 호이안 3박, 다낭 1박 총 20만 원에 예약했다.

다낭에 여행을 가면 대부분 고급 리조트에 머무는 경우가

많은데, 우리 예산으로 리조트는 꿈도 못 꿀 일이었다.

대신 나는 몇 가지 기준만 세우고서 가성비 좋은 호텔을

찾아다녔다.

후기가 좋을 것 / 위치가 중심부와 가까울 것 / 깨끗할 것
/ 수영장이 있을 것

이 기준만 확실하게 세우고 찾아보았더니
마음에 드는 곳을 의외로 쉽게 고를 수 있었다.
항공권과 숙소를 총 76만 원에 해결하고 나니,
이제 남은 돈은 34만 원!
물가가 무척 저렴한 곳이니
이 돈으로 알차게 먹고, 마시고, 즐기고 와야겠다.

03

가성비
최고의 여행

여행을 떠나기 전, 이번 여행에서 꼭 하고 싶은 일을
딱 4가지만 노트에 적어 보았다.
다른 때에 비해 예산이 더 한정된 여행이기도 했고
온유와의 첫 해외여행인 만큼 더 의미 있게
보내고 싶었기 때문이다.

다낭과 호이안으로 여행을 가는 경우, 대부분 다낭의
고급 리조트(아이들과 가는 경우 특히 더 그렇다)에서
머물면서 베트남의 상징인 코코넛배를 타고

놀이공원인 바나힐에 가서 놀고 오는 일정을 잡는다.

하지만 우리는 이 모든 것을 이번 여행에서 제외시켰다.

아니, 포기했다. 예산도 문제긴 했지만

가만히 있어도 땀이 줄줄 나는 7월의 다낭에서

온유를 업고 관광지를 데리고 다니는 건

진짜 아니라는 생각이 들었기 때문이다.

코코넛배도 소원배도 온유를 데리고 타긴 무리였다.

여행이야 언제든 또 올 수 있는 건데 기억도 못하는

온유를 데리고 굳이 이번에 고생하고 싶지 않았다.

그렇게 남들 다 하는 것들을 빼고 실질적으로

우리 상황에서 즐길 수 있는 것만 생각해보니

4가지 버킷리스트가 나왔다.

1. 1일 1마사지 받기

2. 온유와 물놀이하기

3. 호이안에서 혼자 자전거 타기

4. 가족사진 찍기

이 정도만 하고 와도 정말 만족스러울 것 같았다.

모든 걸 다하고 오겠다는 욕심을 줄이니,

여행이 훨씬 간소화되면서도

마음이 한결 편안해지는 느낌이었다.

그리고 7월 1일부터 떠난 4박 6일 간의 첫 해외여행!

우리는 이 모든 임무를 달성하고 돌아왔다.

1일 1마사지 받기

동남아 여행에서 마사지는 정말 빼놓을 수 없다.

특히, 태국과 베트남에서는 우리나라보다 훨씬 저렴한

금액으로 전통 손맛을 누릴 수 있는데 어떻게 이걸

놓치겠는가. 남편과 나는 평소에도 마사지 받는 것을

굉장히 좋아했기에 이것만큼은 욕심을 부렸다.

하루 한 번 정성 어린 손길에 몸을 맡기고 있으면

그동안의 고생이 모두 잊히는 느낌이었다.

정말 내가 이런 호사를 누려도 되나 싶을 정도로 행복했다.

하지만 남편과 내가 나흘간 매일 마사지를 받았음에도

비용은 총 10만 원밖에 들지 않았다는 거!

일단 우리가 1박 했던 다낭 사노우바호텔(Sanouva Danang

hotel)에 무료 마사지가 1회 포함되어 있었고,

나머지 3번은 '다낭 도깨비' 카페의 회원 할인제도를

이용한 덕이었다.

온유와 물놀이하기

다낭까지 갔는데 물놀이를 안 하면 섭섭하다.

미케비치나 안방비치 또는 리조트의 고급 수영장에서

물놀이를 하는 게 가장 이상적이겠지만

이 모두 현실적으로 불가능했다.

일단 다낭의 뜨거운 햇살을 이겨가며 해변에서 노는 건

말이 안 됐고, 고급 리조트 따위는 우리 목록에서 사라진 지

오래였다. 하지만 우리가 선택한 호이안의 호텔에는 루프탑

수영장이 있었다. 오픈한 지 얼마 안 된 호텔이었는데

루프탑에서는 호이안의 아름다운 전경이 내려다보였다.

이곳에 머무는 동안 우리는 매일 무료로 환상적인 전망을
감상하며 물놀이를 했다. 온유도 손으로 물장구치고
튜브에 몸을 맡기면서 얼마나 좋아했는지 모른다.

호이안에서 혼자 자전거 타기

공동 휴직을 하고서 남편과 나는 늘 함께였다.
둘 다 집에 있다 보니 돌아가면서 각자 시간을 보낼 법도 한데
이상하게 전보다 혼자 시간을 보내는 일이 줄었다.
우리 세 가족이 늘 함께 있는 게 어느 순간부터

당연해졌고 나도 그게 더 좋았다.

그런데 이번 여행에서 나는 혼자만의 시간을 잠시라도
갖고 싶었다. 남편과 미리 합의하고서 나는 호이안을
떠나는 날 아침, 평소보다 일찍 일어나 호텔에서 무료로
빌려주는 자전거를 타고 마을을 둘러봤다.

베트남 사람들은 일찍 활동을 시작해서 그런지 아침에도
거리는 활기찼다. 수많은 오토바이와 자전거 무리에 껴서
거리를 활보하니 나도 현지인이 된 기분!

잠시 자전거에서 내려서 반미도 먹고, 카페에 가서 코코넛
커피도 한잔 했는데 정말 모든 것을 다 이룬 기분이었다.

결혼을 했어도 엄마가 됐어도 한 번씩 혼자만의 시간을

갖는 건 꼭 필요한 것 같다. 다만, 과하지 말 것!

가족사진 찍기

첫 가족 해외여행인데 가족사진을 안 남길 수 없다.

그렇지만 날씨가 무척 더운 이곳에서 사진을 찍는다는 건

쉽지 않았다. 평소 사진 찍는 걸 무척 좋아하는 데도

밖에만 나가면 무거운 카메라를 꺼내 드는 게

엄두가 나지 않았다.

그래도 우리 가족사진을 놓칠 수 없지!

밖에서는 휴대폰으로 촬영을 대신했고,

호텔 안에서 베트남 스타일로 모두 맞춰 입고서

가족사진을 남겼다.

이렇게 우리의 4가지 버킷리스트는 모두 성공!

아, 애초에 110만 원으로 여행하겠다는 목표도 달성했다.

3인 항공권	562,200원	4박 숙박비	200,051원
여행자보험	18,901원	유심	8,560원
택시비	51,800원	마사지	109,420원
식비	135,405원	쇼핑	109,850원
총 여행경비			1,196,187원

쇼핑을 제외하면 1,086,337원이 나왔다.

1일 1마사지도 받고, 먹고 싶은 것도 마음껏 먹고

왔는데도 이 금액이 가능했던 건,

베트남 물가가 저렴한 것도 한몫했지만

포기할 건 깔끔하게 포기하고

고급보다는 가성비 좋은 것을 계속 선택했기 때문이다.

여행 경비는 110만 원이었지만,

우리가 누리고 즐긴 그 시간은

1100만 원 이상의 값어치를 했다.

그 어느 때보다 만족스러운 여행이었다.

04

만 원의 행복,
가족사진 찍기

여행 내내 우리 가족은 현지에서 산 옷을 입었다.
물가가 저렴해서 그런지 온 가족이 옷을 함께 맞춰
입어도 큰돈이 들지 않았다. 남편과 나, 온유의 세 명
옷값은 모두 합해서 만 원이었다.

단돈 만 원이라니!

다낭 한시장에서는 남편 셔츠가 8만동(4천 원),
내 원피스가 8만동(4천 원),

온유 원피스가 4만동(2천 원)이다.

20만동(1만 원)으로 세 가족이 예쁘게 옷을 맞춰 입는 게

다낭에서는 가능하다.

물론 가게마다 가격은 다르고 흥정을 해야 한다.

하와이안 셔츠와 원피스를 입고 여행을 하니 하와이도

부럽지 않았다. 여행 기분도 훨씬 더 났을 뿐만 아니라

이렇게 입고 가족사진을 찍으니 재미도 의미도 있었다.

이때 산 원피스들은 한국에 돌아와서도 여름 내내 입고
다녔다. 푹푹 찌는 한국의 여름 한가운데서
하와이안 원피스를 입고 있으면,
마치 내가 다시 다낭에 있는 것만 같은 기분!

다낭으로 여행 가는 가족들에게 꼭 추천해주고 싶다.
만 원의 행복을 누려보시길.

05

온유는
여행 체질인가봐

아무래도 온유는 여행 체질인 것 같다. 이번 여행에서
우리의 의심은 확신으로 바뀌었다. 온유는 방랑살이 내내
그 어느 곳에서도 잘 지내는 엄청난 적응력을 보여주었다.

제주에서는 주기적으로 숙소를 옮겨 다녔고
가평에서도 한 번씩 다른 곳에 가서 자고 왔기 때문에
혹시나 온유가 잠자리가 자주 바뀌어서 스트레스 받진
않을까 내심 걱정했다. 하지만 온유는 그 어디에서도
제집인 것 마냥 편하게 지냈다. 엄마와 아빠가 늘 옆에

있으니 그랬겠지만, 방랑살이 중에 한 번을 아프지 않은 걸
보면 온유는 타고난 여행 체질인 것 같다.

보통 아기들은 비행기를 타면 이륙할 때 귀가 아파서
운다고 한다. 우리도 이 부분을 가장 걱정했지만 온유는
올 때도 갈 때도 비행 내내 아주 깊게 잠을 잤다.
베트남의 더위도 온유에게는 별문제가 되지 않았다.
물론 우리의 구세주 손풍기가 있긴 했지만
푹푹 찌는 날씨에도 온유의 컨디션은 늘 좋았다는 것!
거기다가 평소 낯을 많이 가리는 데도
현지인들하고 정말 잘 어울렸다.
아무래도 내 여행 DNA를 물려받은 게 틀림없다.

온유가 여행 체질이라는 걸 확인한 건 이번 여행의
가장 큰 수확이었다. 덕분에 온유와 언젠가
해외 방랑살이도 해볼 수 있을 것 같다.
또다시 방랑할 수 있는 기회가 오기를.
그땐 해외로 go!

P
7

방랑하길 잘했어

01

이젠 두렵지 않아

우리의 방랑살이는 끝이 났다.

다낭에서 돌아와서 우리는 어디로 갔냐고?

남편은 회사로 돌아갔고,

나는 온유와 함께 광주 친정집으로 갔다.

특별한 대책이 없어 어쩔 수 없이

이산가족이 된 거지만 이 선택은 의외로 나쁘지 않았다.

남편은 잠시 시댁으로 돌아가고 나는 친정으로 돌아가

모처럼 각자 가족들과 많은 시간을 보낼 수 있었고,

떨어져 지내면서 서로의 소중함도 알게 되었다.

사실 동반 휴직이 늘 좋은 것만은 아니었다.

24시간 내내 남편과 아내가 붙어 있으니

평소보다 싸움이 더 많아지는 건 어쩌면 당연했다.

그래도 이 과정을 통해 남편과 나는 서로를 더 잘 이해할 수

있게 되었고, 서로의 얼굴만 봐도 단번에 무슨 생각을

하는지 파악할 수 있는 경지에 이르렀다.

10년 걸릴 '부부 이해의 과정'을 속성반으로 마친 느낌이랄까.

이젠 싸우는 일도 거의 없다.

위기를 겪고 시작한 방랑살이인데 결과적으로

우린 인생에서 가장 행복한 시간을 보냈다.

이런 걸 전화위복이라고 하는 건가.

우린 가정에 불어닥친 화(禍)를 가만히 당하고 있지만은 않았다.

절망 속에 기회를 만들었더니 자연스럽게 화는 복이 되어갔고,

우리는 이 흐름을 보란 듯이 즐겨버렸다.

천혜의 자연을 여한 없이 누리고

온 가족이 장기간 여행하며 추억도 한가득 안고 왔으니

누가 봐도 우리 해피엔딩 맞지?

또다시 불행이 찾아온대도 이젠 두렵지 않다.

우리에겐 불행을 행복으로 바꿀 힘과 지혜가 생겼으니까!

02

아빠도
육아휴직
할 수 있다

생각해보면 절망의 늪에서 허우적대던

우리를 구해준 건 '육아휴직'이었다.

남편이 육아휴직을 하지 않았다면

우린 이 모든 것을 누리고 경험할 수 있었을까?

남편이 육아휴직을 하지 않았다면

우리의 지난 1년은 어땠을까?

나는 온유에게 또 무슨 문제가 생길까 전전긍긍했을 테고,

남편은 힘들어 하는 나를 보며 일과 육아 그 어느 것에도

제대로 집중할 수 없었을 거다. 사소한 일에도 서로가

예민해져 잦은 부부싸움을 했을 테고

온유 역시 그런 엄마, 아빠를 보며 불안해했겠지.

모두에게 그 시간은 아마 끔찍하게 기억됐을 것이다.

남편은 육아휴직을 한 건 본인 인생에서 가장 잘한

일이라고 이야기한다. 비록 온유가 아파서 하게 된

휴직이었지만 회사 생활에 잠시 쉼표를 찍고

그 시간을 오로지 육아에 집중하게 되면서

남편은 인생에서 중요한 게 뭔지 다시금 깨달았다고 했다.

늘 야근도 모자라 주말 출근까지 일삼던 남편은

이제 워라밸을 지키며 살려고 노력 중이다.

이런 남편을 보고 휴직을 결심하는 동료와 지인들도

늘었다니, 정말 좋은 소식이다.

뒤늦게야 밝히지만, 남편의 직업은 하위 공무원이다.

남편의 휴직이 가능했던 건 어쩌면 공무원이었기 때문에

가능했을 터. 사기업이라면 꿈도 못 꿨을 지도 모른다.

휴직기간 내내 남편이 휴직할 환경이 된다는 것에

감사하면서도 아직까지는 누구나 당당하게 누릴 수 있는

권리가 아니라는 사실에 마음 한구석이 불편했다.

우리의 이야기를 듣고 단 한 명의 아빠라도

육아휴직할 용기를 갖게 되었으면 좋겠다.

그 아빠의 이야기를 듣고 또 다른 아빠가 휴직을 하고

또 다른 아빠가 휴직을 하고….

이렇게 하다 보면 대한민국의 모든 아빠들이 눈치 안 보고

육아휴직할 수 있는 날이 오지 않을까?

간절히 바래본다. 꼭 그런 날이 오기를.

마지막 선물

따르릉 따르릉~

"여보세요."

"안녕하세요. 여기 도서출판 무한인데요."

그 뒤로 어떤 이야기를 주고받았는지 기억나지 않는다.

정신이 순간 몽롱해져 그저 "네네, 알겠습니다."

하고 전화를 끊었을 뿐.

전화를 끊고 나서 나는 어린아이처럼 엉엉 울었다.

왜 이렇게 눈물이 나는 건지 알 수 없었다.

시간이 조금 지난 뒤에서야 알았다.

지난 기억들을 떠올리며 글을 써내려 가는 동안

나는 그때의 감정들을 모두 다시 느끼고 있었다는 것을.

그런데 생각지도 못한 놀라운 일이 일어나자

내 안에 담담하게 담겨 있던 슬픔과 행복, 감격의 감정들이

한꺼번에 튀어나온 것이다.

책을 한 번 써보자고 생각한 건 다낭 여행이 끝나갈 무렵이었다.

처음엔 우리 가족의 이야기를 글로 남기고 싶어

가볍게 시작한 건데 이렇게 빨리 출판사와의

계약으로 이어질 줄은 꿈에도 몰랐다.

믿을 수 없는 일이 일어났다며

나는 몇 번이고 남편에게 묻고 또 물었다.

"이게 꿈이야, 생시야?"

지난 1년간 우리 집에 일어난 일들을 생각하면

정말 웃어야 할지 울어야 할지 모르겠다.

누군가 나를 자꾸만 시험하는 것 같기도 하고,

나를 위해 이 길을 일부러 준비해 놓은 것 같기도 하다.

아무래도 작년에 조금 너무했다는 생각이 들어

하늘이 마지막 선물을 건네는 건 아닌지….

하, 모르겠다. 정말 알다가도 모를 인생이다.

여보, 우리 1년만 쉴까?

초판 1쇄 펴낸 날 2018년 9월 7일

글 · 사진 문평온
펴낸이 이금석
기획 · 편집 박수진, 박지원
디자인 제이로드
마케팅 곽순식
물류지원 현란
펴낸곳 도서출판 무한
등록일 1993년 4월 2일
등록번호 제3-468호
주 소 서울시 마포구 서교동 469-19
전 화 (02)322-6144
팩 스 (02)325-6143
홈페이지 www.muhan-book.co.kr
e-mail muhan7@muhan-book.co.kr
값 13,500원
ISBN 978-89-5601-407-4 (03810)